soredemo
sekai wa
mawatteiru

それでも世界は
回っている

1

吉田篤弘
Atsuhiro Yoshida

Orio

徳間書店

目次

Contents

もくじ

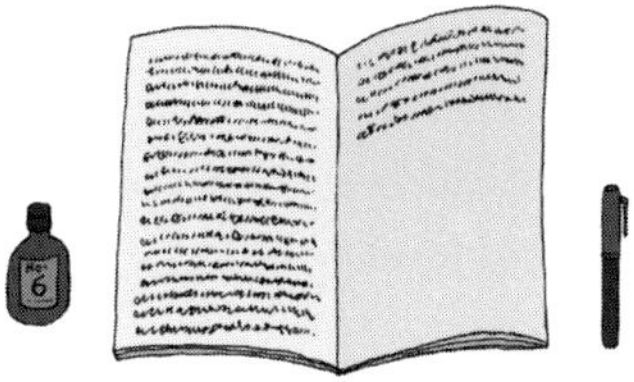

装幀――クラフト・エヴィング商會〔吉田浩美・吉田篤弘〕
イラスト――著者

それでも世界は回っている

1

1……いちばん深い海の底の青色

万物は流転する。そして、万物はすべて笑っている。

それが、ベルダさんがいつも云《い》いたかったことだ。

ベルダさんは無口な人であったから、はっきりとそうしたことは云わない。でも、僕には分かっていた。僕はこう見えて、ベルダさんと四年間、一緒に仕事をしてきたのだから。

「正確には、四年と二ヵ月です」

僕は刑事さんにそう伝えた。

「正確であることが大事なのです」とベルダさんが――これははっきりと何度も――そう繰り返していた。

より正確に云うと、四年と一ヵ月と二十八日。すなわち千五百十九日だ。

「四年間?」

刑事さんは、わざとらしく僕の頭のてっぺんから革靴のつま先まで眺め、

「君はいったい、いくつなんだろう」

至極、まっとうな質問をふっかけてきた。

「十四歳です」

「ということは、十歳からここで働いている？」

「ええ。ベルダさんの助手として雇っていただいたんです」

それは僕の希望だった。

忘れもしない十歳の冬のこと。正確に云えば、十歳と一ヵ月と五日目の午後二時ごろ。小学校の社会科見学で、ここに——この「奇妙な惑星」という名の博物館の〈保管室〉を訪れた。いや、自ら訪れたのではなく、事務的に連れられてきたのだ。

あのころ、僕はたびたびどこかへ連れられて行き、

（ここには、いたくない）

と小さな声で唱えながら生きていた。

この世に生まれてまもなく両親をなくし、独り身の叔父に育てられた。叔父は売れない

ギター弾きで、一年のうち三百六十日は売れない歌い手と地方巡業の旅に出ている。だから、僕は物心ついたときから、ずっと一人で叔父のアパートで暮らしてきた。

叔父はとても陽気な人だ。おそらく、誰にとっても好ましい人物だと思う。でも、そういう人が暮らしているアパートの部屋は、案外、そっけないものだ。

質素すぎる家具。冷凍食品だらけの冷蔵庫。寒々しい浴室。薄っぺらなカーテン――。

(ここには、いたくない)

自分には何かもっと別の居場所があるに違いないと直感で分かっていた。

とはいえ、そう簡単には見つからない。「保育園」「幼稚園」「小学校」「病院」「特別教育機関」――どこへ行っても、居心地がよくなかった。

「でもね、オリオさん」

教師も医師も鑑定士も、皆、僕に云ったものだ。

「あなたは、まれに見る神童で、天賦《てんぷ》の才というやつを授かっています。いわゆる、天才なんですよ」

彼らは僕を子供として扱わなかった。オリオ君ではなく、「オリオさん」と呼び、一貫して丁寧な話し方で、ときには、腫《は》れものにさわるかのように接してきた。

でも、僕は天才なんかじゃない。もちろん、神童でもない。僕にはよく分かっている。僕はただ単に大人びているだけなのだ。

この世には、実際の年齢よりずっと幼い人もいれば、ずっと成熟した者もいる。年齢というのは、勘定されたただの数字に過ぎず、中身がどうなっているかは、数字や見てくれにはおよそ関係ない。

身近な例を挙げれば、この〈保管室〉に隣接した「奇妙な惑星」の〈水族館〉で泳いでいる深海魚たちだ。彼らは皆、他の魚よりずっと大人びている。思慮深く、落ち着き払っていて、決して余計なことをしない。

こんなふうに云うと、僕自身が思慮深く落ち着いた人間であるかのようになってしまうが、僕が云いたいのはそういうことではない。たまたま、そうした静かなところ——つまり、深海のように波風が立たず、遠くからの来客や賑《にぎ》やかなパーティーもない、おそろしくひっそりとしたところ——で過ごしてきたということだ。

ただし、これは僕の身のまわりを支配する外的要因を指しているのではなく、生まれもって備わった、僕自身の心の中にある何ものかが作用しているのだと思う。だから、どれほど楽しい遊園地に連れて行かれても、結局のところ、僕の心は深海の底に居座りつづける。そして、それが自分にはひとつも悲しくない。

いま挙げたような理屈っぽいことを抜きにしても、そもそも、僕はジェットコースターに乗って大声を出したり、音楽に合わせて歌ったり踊ったりするのを好まない。それよりも、静かなところで一日を過ごす方が性《しょう》に合っている。

だから、はじめて〈保管室〉に連れられてきたとき、部屋の中に右足を一歩踏み入れただけで、「ここだ」と声が出た。部屋の奥の作業台のかたわらには白衣を着たベルダさんがいて、「ここだ」と声をあげた僕を一瞥《いちべつ》して、素早くまばたきをしていた。

それはベルダさんの癖《くせ》だった。何か得体の知れないもの、もしくは、自分にとって非常に重要な意味を持つ何ものかに出くわしたときに、その癖が出る。

あとになって判明したことだけれど、あのとき、僕の通っていた学校が〈保管室〉を見学の対象にしたのは異例のことだった。それゆえ、ベルダさんは見学者に慣れていなくて、子供たちに〈保管室〉の説明をうまく出来なかった。最初から最後までたどたどしく話し、簡潔ではあったかもしれないが、簡潔すぎて意味不明なところが多々あった。

だから、次に示すのは、僕が大いに補足をして、そのときのベルダさんの説明を再現するものである。


「ここはですね（咳払《せきばら》い）ここは、この『奇妙な惑星』博物館の〈保管室〉と云いましてね、文字どおり、この世のありとあらゆるものを保管しておくところなのです（咳払い）。博物館に展示されるものは、すべてここで検査をし、そのうえで名称を決定して、どのような来歴を持ったものであるか可能な限り調べあげます。そして、その詳細を絵と文章で記録していくのです」

ベルダさんは大げさなジェスチャーを交えて説明していた。保管品台帳がひらかれていて、作業台に載っていた保管物――それは、〈エルドラド大トカゲ〉の標本だった――の検査をひととおり終えて絵に写しとり、ベルダさんの綿密な観察が反映された説明文が書き込まれていた。僕はその説明文が記されたクリーム色のやわらかい紙の束と、手書きの小さな文字で刻まれたベルダさんの字に――文字のひとつひとつの形と色に――すっかり

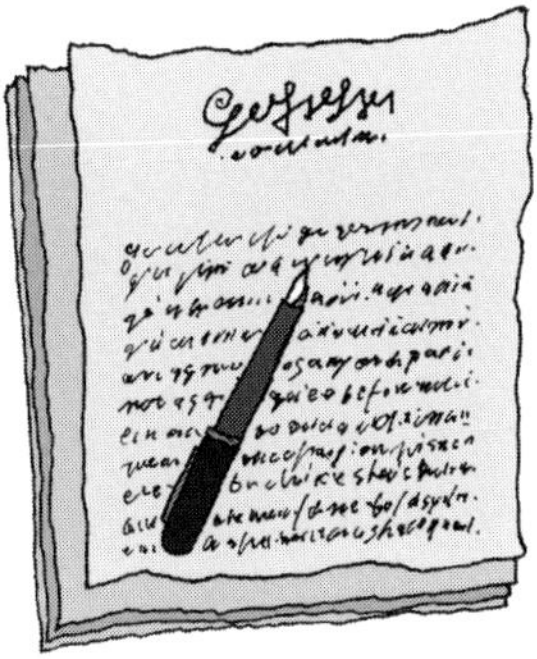

魅了されていた。

「これは何色というのでしょうか」

僕は手を挙げて、ベルダさんに質問をした。

「ふむ」――ベルダさんは生徒たちの中に埋もれている僕の顔を見つめて小さく頷いた。

「このめずらしい大トカゲの表皮はですね、ビリジアン・グリーンであると私は判定いたしました。その説明文にも書いたとおり――」

「いえ、そうじゃないんです」

僕はベルダさんが僕の質問を正しく理解していないことに気づき、不躾《ぶしつけ》にもベルダさんの話をさえぎって、いまいちど質問しなおした。

「僕が知りたいのは、トカゲの表皮の色ではなく、その解説文の文字の色なんです」

「ああ、なるほど」

ベルダさんは微動だにしなかった。

「それは〈六番目のブルー〉という名のインクを使って記しています」

答えながら、作業台の隅に置いてあったインクの壜《びん》をつまみ上げた。

Belda

「ほら、これですよ」

僕はその瞬間をいまも忘れない。

その小さなインク壜の中に、〈六番目のブルー〉と呼ばれるインクが注入されていて、ベルダさんの右手の人差し指と親指によって宙に浮いたように位置していた。ちょうど作業用のランプの光が壜の中のインクを透かし、それは――何と云っていいか分からないけれど――この世でいちばん深い海の底の青色とでも云うべきものだった。少なくとも僕にはそう見えた。と同時に、作業室に足を踏み入れたとたん、「ここだ」と声が出てしまった理由が、その「青」に集約されていると直感で理解できた。

それにしても、どうしてなのだろう。それまで、どちらを向いても埒《らち》があかなかった自分の居場所を見つける探索が、こんなにも簡単に解決してしまうなんて。

しかも、それまで僕の目には不親切な人種にしか見えなかった大人たちが、どういうわけか、十歳の僕をベルダさんのもとで働けるよう、無理を通して、いくつもの書類に判を押してくれた。たぶん、あまりにも僕が強情で手に負えず、大人たちは、いい加減くたびれて、そろそろ僕に関わりたくないと思い始めていたのだろう。

「あとは、ベルダさんの許可さえ出れば、あなたは、もう学校に通わなくていい。いずれにせよ、あなたはすでに義務教育で学ぶべきことを、すべて習得しているのですから」

その言葉と一緒に、「許可」の二文字のみの大きな判が押され、晴れて僕は学業から解放されて、自分が居るべき場所に落ち着くことができた。

問題はベルダさんの返事だったが、

「好きにしたらいいですよ」

ベルダさんは、ただひとことそう云っただけだった。

いや、正確には、ベルダさんではなく、「いまは亡きベルダさん」と云わなくてはならない。

刑事さんが来る前に、博物館の館長が〈保管室〉にあらわれ、

「ベルダさんは、もうここに来ない。永遠にだ」

この世の終わりのような顔でそう告《つ》げたのだ。

自宅の台所で発見されたときには、すでにこと切れていて、おだやかな顔でキッチンテーブルに頭を預けていたという。

僕は驚かなかった。予期するものがあったのだ。毎日、午前九時きっかりに出勤してくるベルダさんが、その日は、午後一時になってもあらわれなかった。

「病気なのか、事故なのか、あるいは事件なのか」

刑事さんは、僕にとって神聖な場所である〈保管室〉の中を無遠慮に歩きまわっていた。

「それとも――自ら命を絶《た》ったのか」

それだけは違う、と僕には分かっていた。

ベルダさんはこのところ、しきりに体の不調を訴えていた。つまりは、とうとう来るべきものが来たのだ。その病魔の正体が何であるかは分からない。ベルダさんは、この世界のあらゆる事物に通じていたけれど、唯一、自分自身については何ひとつ語らなかった。

「世界を観察しようとするとき、いつでも、自分が邪魔になるのです」

ベルダさんの口癖だ。

僕は首を横に振るしかない。この現実を受け入れたくなくて、無駄な抵抗と知りながら、首を振りつづけるしかない。

「しっかりするんだ」

館長が僕の肩に手を置いた。

「こうしているあいだにも、保管すべきものは刻一刻と増えつづけている。われわれは、そのすべてを調査し、後世に伝えるべく保管していくのが務めだ。立ちどまることは許されない。オリオ、今日からは、君がこの〈保管室〉の長だ」

僕は横に振りつづけていた首を、少し考えてから、ようやく縦にひとつだけ振った。

僕がベルダさんの仕事を引き継ぐ――。

それは云うまでもなく光栄なことで、こんな形で唐突に実現するのはひとつも嬉しくないけれど、引き継ぐことを目指して、この四年間を過ごしてきたのは間違いない。

「いいですね」

館長は、この世のあらゆるものを保管する博物館の創設者として、どのような事態に見舞われても屈しないための魔法の言葉を、ここぞとばかりに歌うように口ずさんだ。

「それでも、世界は回っているのですから」

2……………涙を流さない生きもの

（ああ、つまりそういうことなんだ）

結局、僕は心の中でそう云うしかない。

これまでもそうだったし、これから先もずっと、そのセリフを心の中でつぶやきつづける。そして、この世界のつまらないことや、つらいことや、悲しいことを、自分の心の部屋にいくつもしまい込んでいくことになる。

父と母が天に召されたこと、自分の居場所がどこにもないこと、友達が一人もいないこと、好物のチョコレート・バーで一度も当たりが出ないこと――。

「でもね」

館長もベルダさんも云っていた。

「それでも、世界は回っているんです」

まったくそのとおり。世界は——あるいは、この地球という惑星は——いつ、どんなときでも回ることをやめない。それが、この世界の不条理や悲しみを忘れる唯一の方法であるかのように地球は回りつづける。うるさい音をたてることもなく、自分自身がどんなひどい目にあっていても、文句ひとつ云わずに寡黙《かもく》に回っている。

「見習わなくちゃいけないね」

ベルダさんは、そう云って口を結んだものだ。

きっと、ベルダさんにも、つらくて悲しいことがいくつもあったに違いない。そういうときに、（それでも世界は回っている）と自分に云い聞かせては、人生の長い道のりを歩いてきた。

そのベルダさんがいなくなってしまったのだから、僕としては、いつも以上に悲しんでいいはずだ。にもかかわらず、どうしてか涙が出てこない。

「この世には、涙を流さない生きものが沢山います」

ベルダさんから、そう教わった。

「というより、多くの生きものが涙を流しません」

（そうなのか）と僕は大いに驚いた。そうしたことは学校の教科書に書かれていない。どんな生物が涙を流さず、どんな生物が、あの少しばかりしょっぱい水を目から排出するのか。

教科書に書いていないのなら、自分で調べて、自分で新しい教科書を書くしかない。僕はいつか、そういう面白い教科書を書いてみたい。もし、刑事さんに、「ところで、君の夢は何ですか」と訊《き》かれたら、「教科書に載っていない教科書を書くことです」と即座に答える。

いや、それは教科書というより、絵や図版が山ほど入った、僕が最も好ましく思う「事典」のようなものになると思う。

「まだ誰も書いていない事典を書くことです」

そう答えよう。

けれども、刑事さんはそんなことは訊いてくれない。何日の何時にどこで何をしていましたか？　あなたの保護者であるギタリストの叔父さんという方は、いま、どちらにいらっしゃいますか？　そもそも、あなたは学校に通わなくていいのでしょうか？

「刑事」という生きものも、涙を流さない生きものの一種らしい。

僕はそう理解した。おそらく、彼の人生は、さまざまな悲しい死に直面することで成り立っている。しかし、涙は流さない。誰にも同情しない。そういう意味では、少しばかり僕らの仕事に似ているかもしれない。

もういちど云おう。

「世界を観察しようとするとき、いつでも、自分が邪魔になるのです」

ベルダさんの声で何度でも再生される。

まったくそのとおり。

たとえば、一頭のアライグマが、ある日、天に召される。アライグマは涙を流さない。アライグマの家族も涙を流さない。でも、そのアライグマを博物館の標本にするために、僕はアライグマの死と向き合う必要がある。僕は思わず涙をこぼす。

博物館に隣接した「奇妙な惑星」動物園の〈小動物館〉で、僕は彼――彼の名は「ダニエル」といった――ダニエルが楽しそうにさまざまなものを小さな手で洗うのを見るのが楽しみだった。

そんな彼が、まさか、われわれの検査台の上で動かなくなっているなんて。

でも、泣いてばかりではいられない。それでも、世界は回っているのだから。世界が回りつづける限り、次から次へと死がめぐってきて、次から次へと新しい命がめぐってくる。

僕らの仕事は――もとい、僕の仕事は――新しい命と引き換えに、この世からなくなってしまったものを記録していくことだ。記録のみならず、その現物を、可能な限り保管・保存すること。泣いてなどいられない。泣いてはいられないけれど、涙は出てくる。つらい。悲しい。怒りが立ち上がることもある。おかしなことに、怒りもまた涙を呼び寄せる。僕らは悲しさに泣いて、怒りにも泣いて、そのうえ、あまりに笑いすぎて涙を流すこともある。

そして、そこに葛藤《かっとう》が生まれる。

「自分が邪魔になる」というのはそういう意味だ。自分の感情や、思い出や思い入れといったものが、検査台の上の対象物――オブジェクトと僕らは呼んできた――を正確に精査するときの妨げになる。

僕たちは雪の降り積もったまっさらな雪原を調査しようとしても、そこにどうしても自分の足跡を残してしまう。人間が関与した瞬間、まっさらであった対象物が、自分の痕跡だらけになっていく。

つまり、正確な調査のためには、自分自身の存在自体が邪魔になってくる。その悲しい事実にベルダさんは嘆《なげ》いていた。

（ちょっと待った。雪原は「生きもの」ではないだろう）

そう云う人がいるかもしれない。でも、雪原はその雪の下に無数の生物を隠している。だから、生きもののひとつとして勘定してもいい。ただ、「雪」そのものを指しているのだとしたら、雪を生きものと捉《とら》えるのはどうだろうか、という話になる。

けれども、答えは簡単だ。

この〈保管室〉では、命を持っていたものだけが保管の対象になるのではない。世間の常識として、「命を持っていない」とされているもの——果物ナイフや、ホチキスや、老眼鏡といったもの——つまりは、この世のすべてを対象としている。

そうなのです、果物ナイフにだって命や魂が宿っているのですよ——という話は、いま、ここではしない。

これは僕自身が抱えている大きな宿題のひとつで、たぶん、僕のこれから長く長くつづくことになるであろう一生は、「はたして、モノに命はあるのか」という研究に費《つい》やされる。

僕はそれを望んでいた。

＊

しかし、そんなに難しく考えなくても、さっきも云ったとおり、あきらかに生きものであるところの「刑事」と呼ばれる男は、多くの動物や植物や果物ナイフと同じで涙を流さない。

もしかして、僕の研究が進めば、あるいは果物ナイフが人知れず涙を流したり、涙に等しい何かを発散している事実を突きとめられるかもしれない。ひそかに僕はそう信じているのだけれど、そうなってくると、「刑事」にカテゴライズされているこの人物は、果物ナイフと同じであるというより、もしかして、果物ナイフ以上に涙と無縁なオブジェクトであるのかもしれない。

では、オブジェクトとしての「刑事」を検査台の上に設置したと仮定し、いつも、僕とベルダさんがそうしてきたように、このオブジェクトをひとまず言葉で解《と》いてみよう。


【刑事】

性別＝男性。年齢＝五十三歳（推定）。

本名はいまのところ分からない。館長は、「トカイ刑事」と呼んでいたが、「トカイ」が本名なのか、あだ名なのかは不明。

身長およそ百七十四センチ。体重はおそらく五十六キログラム。平均よりはるかに痩せていて、脂肪というものがいっさい感じられない。

目の下の隈《くま》、ぎろりと動く瞳、それなりに鋭い眼光、手入れがまったくされていないびっしりと生えた眉毛。これに準ずる上下の長いまつ毛。いわゆる鷲鼻で、唇はプラスティックでつくられたかのように薄く、口の両端には深いしわが刻まれている。

耳はなかなかに大きく、ちょっとした言葉の端々を聞きのがさない。首の真ん中に喉《のど》仏《ぼとけ》が異様に飛び出していて、その声色は低く、雑音まじりの古びたラジオの音を思わせる。言葉はよどみなく的確であり、ところどころ、感情を伴わない事務的な物云いになる。

さらに、首から下について云えば、白いシャツと紺色のチョッキ、ツイードで仕立てられた品の良いジャケットといったものは、思いのほか、くたびれていなかった。ただし、ジャケットにはタバコの臭いが染みつき、節くれだった右手の指先は、わずかながらもヤニに染まっている。

痩身にふさわしく脚は長めだ。ジャケットと同じ生地のツイードのズボンを穿《は》き、左右の膝のあたりにわずかなダメージを受けている。着るものにはそれなりに気をつかっているのに、あきらかに靴だけが著《いちじる》しく劣化し、そのことと膝のダメージからも分かるとおり、人一倍、歩いているに違いない。

いずれにしても、「刑事」なる生きものは総じて賢く、その内面の読みとりは非常にむずかしい。はっきり云って、何を考えているのかさっぱり分からない。

「どうかしましたか、オリオさん」

Tokai

あまりに刑事さんのことをじっくり見ていたので、気にさわったのだろう。

「何か気になることでも？」

「いえ」

ずいぶんと大げさに首を振ってしまった。そんなことをすると、刑事さんは——いや、この際、僕も館長に倣《なら》って「トカイ刑事」と呼ぶことにしよう。そのくらいの親しみは湧いてきた——トカイ刑事は、僕のちょっとした仕草から僕の内面を目ざとく読みとろうとする。自分の内面は頑《かたく》なに見せないのに、相手の内面を暴くことは決して忘れない。たぶん、それが「刑事」という生きものの本質なのだ。

「あの」と僕は思いきって訊いてみた。「ベルダさんの死因に、何か不審な点でもあるのでしょうか」

「いや」とトカイ刑事は小さく首を振った。「それはまだ分かりません。これはすべて念のためです。念のため、不必要かもしれない情報を集めるのが私の仕事なんです」

（ああ）とため息が出た。そこのところはとてもよく似ている。僕らの仕事も同じだ。ほとんど、妄想に近い憶測をオブジェクトから引き出し、引き出したうえで、ひとつひとつ整理していくのがベルダさんのやり方だった。

たとえば——。

（たとえば、たとえば）と僕は検査台のまわりに視線をめぐらせ、いま、ここにあるモノの中で、その来歴や背景といったものを調査したいオブジェクトは何だろうと考える。

（たとえば、たとえば）

さまよっていた視線が定まった。

インク壜だ。いや、インク壜の中のインクそのもの。

〈六番目のブルー〉。

この世でいちばん深い海の底の青色。

僕はベルダさんの手つきを真似て、〈六番目のブルー〉をつまむように持ち上げた。そのまま宙にとどめ、作業用ランプに透かされたインクが、その青さをたたえているのを、うっとりと眺めた。

もちろん、僕のそんな様子をトカイ刑事は見逃さない。

「何をしているんです？」

僕はベルダさんを思い出して、咳払いをひとつした。

「故人が愛用していたものには、故人の魂が宿っていると、ベルダさんが云っていました」

そう答えると、トカイ刑事は「分かります」と神妙な顔で頷き、

「この仕事をしていると、よく分かります」

そう云って、ちょっと涙ぐんでいるようにも見えた。

【BLUE】
NO・6
Blue
NO.
6

3……………すぐそこの未来

「君はたしかに賢い少年ではあるようだね」

僕の頭に色とりどりの小さな針のようなものを取りつけ、診察室の机を挟んで、数えきれないくらいの質問をぶつけてきたドクターが云っていた。

「しかし、この世には数多くの賢い少年や賢い少女たちがいる。皆、君と同じように抜群の記憶力と分析力を持ち合わせ、そのうえ、年齢を超越した知識をたくわえていく」

僕はそのドクターの名を忘れない。

エジンバラ先生――ドクター・エジンバラだ。

「ところが、君は彼らと少しばかり違っている。知識だけではなく、君には優れた予知能力が備わっている」

「予知能力ですか」

僕はその言葉を慎重に確かめた。

「それはつまり、未来を見通せるということですか」

「場合によっては、そういう話になってくる。いや、実際のところ、そういった少年や少女が何十年かに一度あらわれる。〈預言者〉として認定され、彼や彼女は人知れずＳＰに守られながら、国――いや、世界の宝として生きる。彼や彼女は先々に起きることを、きわめて正確に予知する。歴史を振り返るように未来を語ることができるのだ」

「あの」と僕はそのとき唇を震わせながら訊いた。「僕が、その〈預言者〉の一人であるということですか」

「いや」とドクターは明快に首を振った。「君の予知能力は〈預言者〉の域には達していない。君が見通せるのは、いわば、すぐそこの未来だ。数時間後から明日――せいぜい明後日といったところかな」

エジンバラ先生は適度に陽灼けした太い腕を組んだ。

「でも、問題は時間じゃない。そうした感覚を備えているということだ。君はいつでも次に起きることが分かっている。それはつまり、次にすべきことが分かっているということでもある」

僕が次にすべきこと――。

たしかに分かっているのかもしれない。というか、こうした事態に直面して、すぐに僕はベルダさんの魂がいまどのあたりをさまよっているのか直感的に分かった。そして、その魂がほかでもない、〈六番目のブルー〉の中に宿されたであろうことを感知していた。

理屈じゃなかった。空腹でお腹が鳴ってしまったり、鼻がむずむずしてくしゃみが出てしまったりするのと同じこと。放っておいても、体が勝手に感知してしまう。


「では、また進展がありましたら」

そう云い残してトカイ刑事が〈保管室〉を出て行くと、僕はエジンバラ先生の言葉を思い出しながら、検査台の上に置かれた青いインクを――〈六番目のブルー〉を眺めた。

僕はこのインクを引き継ごう。

ベルダさんの仕事と考えを引き継ぐことは、このインクを僕が使いつづけていくことを意味している。僕にはそれが分かっていた。すぐそこの未来だ。いや、すぐそこだけじゃない。遠い未来もきっとそうなる。

もしかして、ベルダさんは僕がこんなふうに考えることを想定していたんじゃないか。「いいかい」とベルダさんは云っていた。ベルダさんは大事なことを話すときに必ず最初に「いいかい」と云っていた。

「いいかい、どんな生きものにも終わりがくる。しかし、魂には終わりが来ない。われわれの仕事は、そのふたつを着実に丁寧に切り離すことだ。さぁ、ハチミツをかけたバター・トーストを食べよう」

この「ハチミツをかけたバター・トースト」について説明すると、それが、その話をしてくれた夜の夜食がわりだったのだ。その日は、夜おそくまで〈保管室〉に居残って作業をつづけていたが、そんな夜が何度かあった。

「私が最後の晩餐《ばんさん》に選ぶのはこれだな」

ベルダさんはそう云って、〈保管室〉の隅に置いてあったトースターを持ち出し、形のいい山型パンをトーストしてバターを塗ってハチミツをたらした。

「さぁ、出来上がった」

かならず僕の分もつくってくれた。記憶の中のそのおいしさに、僕は（ああ）と声が出そうになる。

はたしてベルダさんは最後の晩餐に、望みどおり「ハチミツをかけたバター・トースト」を食べたのだろうか。

いや、いまはそんなことを考えている場合ではない。

魂の話だ。

「いいかい」

ベルダさんは背を丸めながらうまそうにトーストをかじった。

「われわれの仕事は、ひとつながりの時間にピリオドを打ったものから、その魂を抜きとっていくことです。目に見えないが、魂は間違いなくそこにある。そして、いいかい、ここが肝心なところだが、そうして抜け出た魂は、次の生きものに宿るまでのあいだ、かりそめの容《い》れものにしばし宿る。たとえば、そのトースターだ」

パンを焼いた銀色のクラシックなトースターを指さした。

「そいつに一時的に宿ったりする。私はそれを感知できるときもあるし、さて、どこへ行ったのやらと、まるで行方が分からなくなるときもある」

しめくくりに、こう云った。

「私もまた生きもののはしくれであるのだから、いつか終わりのときがくる。そうしたら、オリオ、いいかい、私の魂はひとまず、そのインク壜の中に宿らせよう」

だから、これからしばらくのあいだ、僕の師匠は〈六番目のブルー〉になる。そういうことだ。この手のひらの上に乗るインク壜の中にベルダさんの魂が宿っていて、また一人きりに戻ってしまった僕を、少しのあいだ——それは、どれくらいなんだろう——見守ってくれるに違いない。そう信じている。

＊

「本当に？　信じられないな」

マリオはいつものように手早くコーヒーをつくり、カウンターの僕の目の前に静かに置いて首を振った。

「ベルダさんが亡くなるなんてことがあるのかい？　あの人は、この世の終わりが来るまで生き延びるんじゃなかったのか。いつも、そう云ってただろう。『私はこの世界のすべての生きものとモノを、あの世に送り出すのが仕事だ』って」

「ええ」と僕は恐縮した。僕が恐縮する必要はないのだけれど、この店——マリオの店、すなわち〈マリオ・コーヒー〉である——に来るときはいつもベルダさんと一緒だったし、こうして仕事の帰りに立ち寄って、ほんの束の間、コーヒーを一杯飲むのが決まりだった。

そして、

「では、また明日」

と別れる。

昨日もそうしたし、おとといも一週間前も、「また明日」と繰り返してきた。それが、こんなふうに突然終わってしまうなんて、僕にもまだ信じられない。

「いなくなるっていうのは、そういうことなんだな。毎日、繰り返してきたことが、急に消えてなくなるってことだ」

マリオは目尻にたまった涙を左手でぬぐった。

COFFEE
MARIO COFFEE

右手はといえば、革製のアーム・ホルダーで吊《つ》っている。僕がこの店にはじめて来たときからずっと同じで、負傷したのか、それとも、もう治らなくて恒常的に吊っているのか、そこのところは分からない。分かっているのは、マリオが泣き虫であること。少しでも悲しかったりつらかったりすると、とたんに大粒の涙をこぼす。

「悲しいな」

〈マリオ・コーヒー〉は街の真ん中にあり、これは地図上の「真ん中」ではなく、僕が感じている街の「へそ」のようなところに位置しているという意味だ。車と人が常に行き交い、通りの下には地下鉄が三本も走っている。深夜でもひらいている店がいくつも並び、その中心にマリオのコーヒー・スタンドはある。でも、店の中は驚くばかりに静かで、台風の目の中がそうであるように、マリオの店にいると街の喧騒《けんそう》がちょうどよく感じられる。

まるで、舞台袖にいるような気分だ。

僕はたぶん舞台袖のようなところを居心地よく感じる。舞台に立つのは恥ずかしい。でも、舞台の上で人の目を集める何かが起きていて、その華やかさや緊張感と隣り合わせた薄暗い場所に待機しているのが性に合っている。

Mario

博物館の〈保管室〉を「ここだ」と感じたのも同じ理由によるものだ。薄暗くて、静かで、すぐ近くに世界中から集められた展示品が並んでいる。それを多くの人たちが閲覧し、僕はその表舞台には登場しないけれど、壁一枚裏側の小部屋で展示物の準備をしている。

そういうのがちょうどいい。

「それにしても悲しすぎるよ」

マリオは表通りを走り抜けていく車を店の窓越しに眺めた。彼の背後の壁には、「コーヒー」とだけ貼り出されていて、そのとおり、この店のメニューは「コーヒー」一品しかない。ただし、ひとつとして同じコーヒーは出さなかった。そのときそのときのマリオの気分でコーヒーの味は変わり、カウンター席に座った客の顔を見て、微妙にさじ加減を調整した。

そうしたこともすべてベルダさんに教えてもらったのだ。

ベルダさんもまた舞台袖を愛し、それでいて、街の真ん中で働くことを愉《たの》しんでいた。決して、おしゃべりではなかったが、コーヒーを飲みながら、ここでマリオと無駄話をするのを日課にしていた。

そうしたすべてを僕は引き継ぎたい。すべてを引き継げば、（まだ、ベルダさんはここにいる）と思えるからだ。

＊

でも、この世はそううまくはいかなかった。

どんなものにも限りがある。

それはたぶん「道理」と呼ばれているものに関係し、物ごとが道理にしたがっている以上、たとえ、人より予知能力に長けていたとしても、道理とその運命からは逃れられない。

僕はこの問題をどう解いたらいいのか、ずっと考えつづけてきた。でも、どれだけ考えても答えは見つからない。

たとえば、すぐそこの未来に「よくないこと」が起きると予知されたとき、それは予知されたその時点で、そのような未来が確定してしまったことになる。だから、どんなに「よくないこと」を回避しようと画策しても、結局は、その未来にたどり着いてしまう。

だとしたら、未来に起きる「よくないこと」を、皆より早く知ることは、ちっともいいことじゃない。むしろ、つらいだけだ。そんな能力は欲しくない。できれば捨ててしまいたいくらいだ。

でも、僕はまた気づいてしまった。

これから起きる、よくないことに。

〈六番目のブルー〉のストックが底をついていた。

ストックは〈保管室〉の戸棚に貯《たくわ》えられていたはずなのだが、どういうわけか、一本も見当たらない。カーボン紙や水彩絵具は僕が管理していたけれど、インクはベルダさんが管理していたので、まさか、こんなことになっているとは思いもよらなかった。なにしろ、〈六番目のブルー〉で記される記録は、われわれの仕事の要《かなめ》なのだから。

（どういうことだろう）

僕の予知は、単にストックがなくなっているという事態にとどまらなかった。インクが消費されてなくなるのはまさに道理だけれど、僕が予見したのは、ストックが戸棚からなくなっているだけではなく、街のどの店からもなくなっているという最悪の事態だった。

どうして、そう感じるのか分からない。でも、きっとそうだろうと確信し、いつも事務用品を仕入れている〈オスカー商會〉に出向くと、髪の毛が爆発したようにモジャモジャになった女主人が、台帳をひらくなり、「ないね」と断言した。

「一本もですか」

「そう。一本もないね」

「では、注文をお願いしてもいいでしょうか」

いやな予感に声を震わせながら訊《たず》ねると、

「いや、残念だけど、それもできないね」

女主人がきっぱりと答えた。

「どうしてです？」

「どうしてって、このインクをつくっていた会社が廃業してしまったからだよ」

「ああ」と僕は思わず声が出た。

そこまでは予知していなかったのだ。

4……………爆発した頭

いつも僕は考える。

「ある」と「ない」のあいだに、もうひとつ言葉があったらいいのに、と。

賢い人であれば、簡単に思いつくんじゃないか。

どんなものにも、「あいだ」は存在している。白と黒のあいだに数多くのグレー・トーンがあるように、右と左を向いたふたつの何ものかのあいだには、きっと、豊かなものが介在している。

でも、僕の未熟な頭では、それを表す言葉を探り出せない。

探り出したい。

そうしないと、僕らは永遠に「ない」という無情な言葉に絶望しつづけることになる。

「本当ですか」

ぼくは〈オスカー商會〉の女主人が口にした「ない」という言葉に食いさがった。

「本当よ。なにも、そんなに驚くようなことじゃないの」

彼女は爆発したような髪に右手をあて、人差し指をくるくると回して、髪をもてあそびながらあくびを嚙《か》みころした。

「そうなんですか」

僕はできる限り目を大きくして訊いてみた。

「そうよ。あんたはまだ知らないだろうけれど、世の中っていうのは、次々と移り変わっていくものなの」

この女主人の名前はアクビさんという。

本当の名前は、「アケミ」だとマリオから聞いたことがあるが、彼女を知る誰もが、「アクビさん」と呼んでいた。どうしてかと云うと、彼女はいつでも眠たそうで、年がら年中、あくびをしているからだ。

「ときどき、コーヒーを飲みにくるんだけど」

マリオが云っていた。

「眠いからコーヒーをちょうだいって。でも、俺のコーヒーを飲んだくらいじゃ、まったく眠気ざましにならないみたいだ。あんまり眠いんで、医者に診《み》てもらったらしいけど、どこも悪くないと云われたそうだ。てことは、本物の睡魔に取り憑《つ》かれているんじゃないか？　謎だよ、あのひとは。歳《とし》もいくつか分からないし、どこの出身なのか、いつから、あの店をやっているのか、なんにも分からない」

そういう人だった。

アクビさんは自分の十本の爪をひとつひとつ慎重に点検し、

「こんな小さな店でも、長くつづけてくれば分かるのよ」

眠たげにそう云った。

たしかに小さな店ではある。にもかかわらず、店内は数えきれないほど、小さなもので、びっしりと埋め尽くされていた。

吸い取り紙、ポケット・ナイフ、三色ボールペン、ハッカ飴、絆創膏《ばんそうこう》、携帯用カップ、匂い紙——きりがない。

FOR SALE!
Oscar & co.

それらのこまごましたものが、色とりどりのパッケージに収められて、行儀よく並んでいる。

「何が分かるんですか」

念のため、訊いてみた。

「だから、世界の移り変わりよ」

「世界ですか」

「そう。世界っていうのはね、細部に宿るものなのよ」

(それは「世界」ではなく「神」の間違いではないだろうか)

「昔、本で読んだことがあるの。そして、それは本当だって身をもって分かった。こんな小さな雑貨屋にも世界は宿る。この台帳をめくってみれば一目瞭然。たいていのものは無くなって、新しいものがとって代わる。世界は毎日毎日、移り変わっていくの。たぶん、それを歴史って云うんだと思う」

アクビさんは眠気を覚ますように首を振った。それから小さなあくびをし、鼻のまわりをしきりにむずむずさせた。

「だから、あきらめることよ。大丈夫。ちゃんと代わりになるような新しいインクがあるんだから――そうね」

アクビさんはちろりと舌を出して人差し指を舐め、分厚い台帳のページをめくった。

「そう、これなんかどうかしら。キング・カラー社の〈キング・ブルー〉。名前がいいじゃない。最強って感じで」

「いえ」と僕は首を振った。「どうしても〈六番目のブルー〉じゃないと駄目なんです」

「ふうん」

アクビさんは僕の顔をしげしげと眺めた。

「感心だね、その熱心な食いさがりようは。でも、ないものはないの。分かる？　昨日やおとといの話じゃないの。このインクをつくっていた――なんだっけ？――そう、ハート&インク社は七ヵ月前に廃業しているの。たぶん、在庫処分セールも終わって、いまはもう、まったく別の会社のオフィスに入れ替わっているんじゃない？」

（ああ）と僕はマリオがよくそうするように、わざとらしく頭を抱えた。これは完全に僕のミスだ。保管室のストックは豊富にあるものと高《たか》を括《くく》っていた。よもや、このような事態になっているとは思いもよらず、七ヵ月もやり過ごしてしまった。

もう、取り返しがつかないかもしれない。

というか、つかないのだ。これはすでに、ひとつの予知として自分の中にあった。

（〈六番目のブルー〉は、もう二度と手に入らない）

動かぬ事実だった。

「なんだい、その顔は」

アクビさんは自分の眠気を振りはらうように声を大きくした。

「たかが、インクひと壜で世界が終わってしまったみたいな顔をするんじゃないよ」

目から火が出てきそうだった。

「もっと、臨機応変に考えるのよ。分かる、坊や？　Aが駄目ならBがある。うちの店のいいところは、そこなんだから。こだわりを捨てるのも大事なこと。前へ進んで行くためにはね」

「はい」と僕は仕方なく頷いた。

アクビさんの云っていることはおおむね正しい。世界が変化していくなら、僕も一緒に変化しなくてはならない。

「少し考えてみます」

すぐに決められるものではなかった。なにしろ、ベルダさんは〈六番目のブルー〉に自分の魂を宿らせる、と云っていたのだから。

「出直してきます」

僕はうなだれたまま、足どりも重たく店の外へ出た。


街はすでに夕方を迎えていた。

人々がせわしなく往来している。夕空の高いところを銀色に光る飛行機が飛び、風はちょうどよい加減で、十字路の南から北へ吹いていた。屋台の林檎売りが声をあげ、歩道に面した店々に明かりがともされていく。

(ああ)

僕はまた一人になってしまった。

結局、そうなるのだ。

なんとなく、その事実から目をそむけていたけれど、なぜか、あのインクがもう手に入らないと分かったら、急に世界にただ一人、取りのこされた思いになった。
街はどうしてこんなにもにぎやかなのか。店の明かりがまぶしすぎて切なくなる。このまぶしさの中を、僕はこの先、一人で歩いて行かなくてはならないのか。

「ねぇ」

どこからか声が聞こえてきた。
どこからだろう。背中の方から？
違う。振り返っても誰もいない。明るい女の子の声だった。僕の耳だけに届いたかのような小さな声だ。

「ねぇ」

また聞こえてきた。

今度は頭の上から声が降ってきたような気がしたが、たぶん、何かに阻《はば》まれて、声がまっすぐに届かないのだ。

(そうか)

十字路に向かう車が途絶えるのを待ち、車線の向こうの歩道に目を向けると、そこに、とてもおかしな様子の女の子が立っていた。なぜ、「おかしな」と感じたかというと、その子はアクビさんとそっくり同じ爆発したような髪型をしていたからだ。

一瞬、少女に若返ったアクビさんのようにも見えた。顔つきは似ているけれど、体つきは、ふたまわりほども小さい。

目をこらして、もういちどよく見た。

すると彼女は、僕が彼女に気づいたことに満足したのか、「ねぇ」と呼びかけるのをやめて、通りの北側を指差した。「あっち」と声を上げて歩き出している。

「あっち」というのが、正確にどこを指しているのか分からなかったが、車が行き交う二車線の車道を挟んで、「アクビさんを縮小したような彼女」と僕は北の方へ並行に歩き出した。

（なんだろう）

というか、誰なんだろう。

もしかして、アクビさんの娘だろうか。その可能性は充分にある。なにしろ、ここはアクビさんの店からすぐ近くだし、あの特徴的な髪型は、そう見られるものではない。

横目で様子をうかがいながら歩道を進むうち、通りに市バスが入ってきて、すぐ目の前のバス停にするりと停まった。客が乗り降りし、バスそのものの大きさと乗り降りの時間のせいで、通りの向こうの彼女が見えなくなった。バスが乗降口を閉じて走り出したあとも彼女の姿はなく、

（あれ？）

僕は急ぎ足になった。

「あっち」と示された方角に向かって歩を速め、横断歩道に差しかかったので、青になるのを待って、向こう側へ渡った。

でも、やはり彼女の姿はない。

Kokonotsu　　Akubi

（どういうことだろう）

そこへ、

「ねぇ」

また声が聞こえてきた。

薬局とビスポーク・テーラーのあいだに細い路地があり、猫であれば悠々と入っていけるだろうが、人間は路地の左右から大いに圧迫感を感じながら進んで行くことになる。でも、声はその路地の奥――みるみる暗くなっていく夕闇に沈んだあたりから聞こえてくるようだった。

臆病な僕としては、この状況がひとつも楽しくなかった。けれども、なんとなくここまで来てしまった以上、あとには引けない。

でも、もう一度云っておきたい。僕は大変に臆病で、当たり前かもしれないけれど、危険と隣り合わせるのは好ましくない。お化け屋敷などもってのほか。メリーゴーラウンドや観覧車にさえ乗りたくなかった。なのに、どうしてこんなに薄暗くて狭い路地に、たった一人で臨もうとしているのか。

「それはね」

声が聞こえた。同じ女の子の声だ。声だけで姿は見えない。

「それは？」

声が聞こえた暗がりに向けて話しかけると、

「これでしょう？」

声とともに、路地の左手から一本のかたちのいい細い腕が突き出してきた。その手のひらの上に、まだ封を切っていない真あたらしい〈六番目のブルー〉の壜がのせられている。

息を呑《の》んだ。

言葉が出てこない。

ちょうどそのとき、通りを走る車のライトがうまい具合に路地に届き、目の前の闇を、ほんの数秒だけ明るみにさらしてみせた。

小柄な少女が立っている。

顔つきはどことなくエキゾチックで、やはり髪型は見事に爆発していた。手のひらに壜をのせたまま、こちらをじっと見つめ、

「わたしの名前はココノツです」

彼女がそう云うと、路地はまた闇に戻されて、爆発した頭のシルエットだけが残像となって焼きついた。

「ココノツ？」

闇に向かって訊いてみる。

「そう、ココノツです。もう覚えました？」

「ココノツ、ココノツ――」

「そう、その調子です」

「君はいったい誰なの。そのインク壜は――」

「わたし、人の心の中が読めるんです。誰でもってわけじゃなく、わたしと似た人、同じような人生を歩んできた人だけ」

「僕の心の中を読んだってこと？」

「ええ。読ませていただきました」

車のライトが、また路地を照らし出した。

「あなた、このインクを探しているのでしょう?」

5………最後のひとつ

「わたしも、このインクが好きなの」

ココノツと名乗ったその少女は、路地の闇の中で黒い瞳を光らせた。

「そのインクは――」

僕が手をのばそうとすると、

「これは、わたしのものよ」

彼女は――ココノツは、〈六番目のブルー〉を手品師の手つきで背中のうしろに隠した。

表通りから路地の中へ吹き込んでくる風が彼女の爆発したような髪を揺らしている。闇に少し目が慣れてきて、そのシルエットが背後の壁に大写しになってゆらゆらした。

「あなたの名前は?」

彼女の唇が動き、水に濡れた黒曜石《こくようせき》のような潤《うる》んだ瞳が、少しばかり警戒を帯びて、こちらを見ていた。

「オリオ」と僕は答える。

「オリオ、オリオ」とココノツは僕の名前を繰り返し、「どうして、オリオはこのインクを探しているの？」

まばたきもせずに訊いてきた。

「それはベルダさんが愛用していたインクで——ベルダさんは、博物館の保管室長だったけれど、僕はまぁ、その弟子のようなものだったので」

「あなた、説明するのが苦手？」

そんなことはないと思っていたが、まばたきひとつしないココノツの大きな黒い瞳に見つめられていると、なんだか、うまく説明できなくなった。

「でも、大体、分かった。あなたはベルダさんの弟子で、ベルダさんは、『奇妙な惑星』博物館の保管室長だったけれど、亡くなってしまった」

「え？　そんなこと云ったっけ」

「云われなくても分かるわ。このあたりで博物館といえば、『奇妙な惑星』しかないし、

『愛用していた』とか『保管室長だった』とか、いちいち過去形で、そのたび、あなたが悲しげな顔になったから」

「まだ亡くなったばかりで、もうひとつ実感がないんだけど」

「でも、あなたはベルダさんのあとを継いで、〈保管室〉の仕事をしなくちゃならない。ところが、いざ、ベルダさんが愛用していたインクの在庫を調べてみたら、ストックが切れていた。それで、あわてて、うちの店へ来たんじゃない？」

「そのとおり」

僕は感心していた。と同時に、「うちの店へ来た」と彼女がそう云ったのを聞きのがさなかった。

「ということは、君はアクビさんの娘なんだね」

「いいえ、違います」

ココノツは大きく首を横に振った。爆発ヘアーのシルエットが、プラネタリウムで見た流星群のように右へ左へでたらめにひろがった。

「でも、半分は当たってる。わたしもあなたと同じように、いつかは、あの店を引き継ぐことになる。でも、それはまだずっと先のこと。アケミ伯母さんは、ようするに店の存続のために、わたしを養子にして育ててくれたのよ」――「きっとね」

「そうなんだ」

「そうなの。だから云ったでしょ。あなたと同じ。ちっちゃいときにパパもママも死んじゃって、それで、伯母に引き取られた」

「ちょっと待って」

僕は右手を上げて彼女の話を制した。

「僕を引き取ってくれたのは、伯母じゃなくて叔父だけど――でも、どうして君はそんなことを知ってるの？　叔父のことをアクビさんに話したこともないし」

「わたし、なぜかそういうことが分かっちゃうの。母が霊媒師だったから。たぶん、その血を引いてる。おかげで、知りたくないことまで分かっちゃうの。どう？　似ているでしょう、わたしたち」

そのときまた表通りからヘッド・ライトの光が差し込んでココノツの顔を照らすと、その黒い瞳から、透明なガラスの粒のような涙がこぼれているのが一瞬だけ見えた。

＊

僕はたぶん自分が本当に博物館で働いていることをココノツに証明したかったのだと思う。本当は、〈六番目のブルー〉を十ダースぐらい抱えて帰るはずだったけれど、その代わりにココノツを連れて〈保管室〉に戻った。

「想像どおりよ」

ココノツはそう云ってから、

「いえ、想像以上」と声のトーンを一段階上げて目を輝かせた。爆発ヘアーをなびかせて、〈保管室〉を隅から隅まで見て回っている。

僕の小鼻はおそらく大いに膨らんでいただろう。

「君はどうも誇らしい気持ちになると、小鼻がひくひくと膨らむようだ」

エジンバラ先生がそう云っていた。

誇らしい気持ち。そのとおりだ。他に何があるだろう。

僕がここにいる理由は他にない。そして、まだ出会ったばかりのココノツは、僕が初めて〈保管室〉を訪れたときのように、古びた検査台や頑丈そうな顕微鏡といったものに、いちいち感銘を覚えているみたいだった。

その姿に、なぜか胸がおどった。

この気持ちは何なのか。誇らしい気持ちとは、また違う。嬉しいような、どこか切ないような、その他にも、いくつかの感情が入り混じっている。

十四年間の人生ではじめて経験した気持ちだ。

「オリオは自分の居場所を見つけたのね」

ココノツの言葉には少しばかり羨望《せんぼう》が含まれていた。ということは、彼女自身は居場所を見つけていないのかもしれない。

「君の居場所は？」と訊いてみると、

「わたしは、あの〈オスカー商會〉が自分の居場所だと思ってる」

と即答した。

「ただ、あなたはこの場所を自分で見つけたのでしょう？　わたしがうらやましいのはそこなの。わたしは自分の運命に手を引かれて、アケミ伯母さんのあの店に連れて行かれただけ。自分の居場所っていうのは、自分で見つけてこそ、価値あるものなのよ」

そう云ってから、ココノツは最後に小さく、「きっとね」と付け加えた。そういえば、さっき、養子になったときの話をしてくれたときも、彼女は「きっとね」と付け加えた。その気持ちはよく分かる。僕もときどき、断言してしまったあとに、急に自信がなくなって、小さく、「きっとね」と付け加える。

「でも、勘違いしないでほしいの」

ココノツが両手をひろげた。

「運命に手を引かれるままたどり着いた場所がね、偶然、自分の探していた場所だったたってこともあるから。わたしの場合はそれなのよ」——「きっとね」

ココノツはひろげていた両手を、電池が切れてしまったおもちゃの人形のように重力にゆだねた。

「すごく似てると思うよ」

ココノツの代わりに僕が両手をひろげた。

「博物館も雑貨屋も、世界中からいろんなものを集めて展示している。規模が違うだけでね。博物館には、とんでもなく大きな鯨の標本が展示してあるけれど、〈オスカー商會〉に、あれは展示できない。つまり、大きなものまで取り揃《そろ》えているのが博物館のいいところで――」

僕が鯨の大きさを表すために、さらに両手をひろげると、

「じゃあ、雑貨屋の良いところって何かしら？」

ココノツの黒い瞳に〈保管室〉の六十ワット電球が映り込んでいた。

「それは――そう、欲しいものが買えるところかな」

両手を閉じて僕は答えた。

「雑貨屋の素晴らしいところは、そこに展示されているものをお金と引き換えに手に入れられることだよ」

「でも」とココノツは首を振り、スカートのポケットから〈六番目のブルー〉を取り出した。

「悪いけれど、これはもう売れないの。これが最後のひとつだから」

「最後のひとつは売ってくれないってこと？」

「そう。これは、わたしが決めたことなの。〈オスカー商會〉のバックヤードに小さな部屋があるんだけどね、最後にひとつだけ売れのこったものや、もう生産されていない商品ばかりを保管してあるの。まぁ、〈保管室〉みたいなものね」

「じゃあ、僕らが──僕らというのはベルダさんと僕のことだけど──僕らがそうしてきたように、君も『最後のひとつ』のことを調べたりしているわけ？　どこで作られたものなのか、どのくらい作られているのか、誰が作っていたのか──とか」

「もちろんよ」

ココノツはわずかに顎《あご》を上げて得意げな顔になった。

「そういったことを書きとめた、『最後のひとつ』ノートっていうのがあるの。誰にも見せたことないけどね。だから、この〈六番目のブルー〉についても徹底的に調べてある」

「そうなんだ」

「生産地はね──」

ココノツは目を閉じ、頭の中で「最後のひとつ」ノートのページを開いているようだった。

「エクストラ」

「エクストラ？」と僕は確かめた。「それは国の名前？　それとも街の名前かな」

「街の名前。すごく小さな街で、どうしてかって云うと、国の大きさ自体がすごく小さいからなの。その国にはその街しかなくて、だから、たぶん国の名前もエクストラなんだろうけれど、そんなことは、もうどっちでもいいじゃないかって思えるくらい小さな国の小さな街なの」――「きっとね」

ココノツは目を閉じたままつづけた。

「そして、あなたはその街に行くことになる。このインクを手に入れるためによ」

「僕が？」

「そう。あなた以外に誰が行くのよ？」

「だって、博物館は水曜日が休みで、土曜も日曜も働かなくてはならない。館長のモットーなんだ。『それでも世界は回っている』って。一週間に一日しか休みがないのに、どうやってそんな遠いところへ行けばいいんだろう」

「遠いなんて云ってないわ」

ココノツが目をひらいた。

「え？　じゃあ、ここから近いの？」

「近いとも云ってないけど」

そういうことらしい。彼女の言葉には、じつのところすべてに「きっとね」が付け加えられているのだ。それを小さな声で口にするときもあるし、あまりに声が小さすぎて聞こえないときもある。

いずれにしても、博物館が臨時の長期休館でもしない限り、遠くであろうが、近くであろうが、インク探しの旅になど出かけられなかった。

「あ、もうこんな時間――」

ココノツの視線が〈保管室〉の壁掛け時計に向けられている。

「早く帰らないと、伯母さんにしかられる」

一体、いつのまにそんなに時間が流れていたのだろう。とっくに博物館の閉館時間が過ぎていて、ココノツを見送るために、〈保管室〉からロビーに出ると、館内の照明が半分ほど落ちていた。

「こんな時間になっていたなんて」

僕がそうつぶやくと、

「あなたは賢いかもしれないけれど、ときどき、まわりが見えなくなるときがある」

ココノツもつぶやくようにそう云った。

「だから、あなたの気づかないうちに世界が回りつづけて、あなたが知ってる世界とは別の世界になってるかもしれない」

「どういうこと？」と彼女に訊こうとしたとき、

「おい、オリオ」

どこからか聞いたことのある男の声が響いた。どこからだろう。ロビーには誰もいない。でも、見覚えのある特別な梯子《はしご》がロビーの真ん中に据えられていて、天井までのびた梯子の上へ上へと視線を移していくと、梯子のいちばん上——天井に近いところに電球交換士のトビラさんの姿が見えた。

「元気だったかい？」

その声がロビーに響きわたる。

「トビラさんこそ、元気でしたか」

「俺はいつでも元気だよ。なにしろ不死身だからな」

「こんな時期に電球の交換はめずらしいですね」

「あれ？　オリオは知らないのか。明日から博物館は臨時の長期休館だって話だぜ」

「ほらね」

ココノツがつぶやくようにそう云った。

Tobira

6………本当に素晴らしいもの

電球交換士のトビラさんは、一年のうち一度か二度、博物館にあらわれる。彼は世界にただひとり、電球を交換することを生業《なりわい》とした稀有《けう》な人だ。もしかすると、同じような仕事をしている人は他にもいるかもしれないけれど、トビラさんが「稀有」と称されるのは、交換してくれる電球が彼自身の開発による特殊な電球であるからだ。ただし、その電球はLEDと呼ばれるものと違って、数ヵ月で寿命が尽きる。

「本当に素晴らしいものには、いつか終わりがくる」

トビラさんは、いつだったかそう云って、その特殊な電球を見せてくれた。それは、僕がよく知っている電球とは何もかも違っていて、繊細なガラス球はわずかな力を加えただけで割れてしまいそうだった。ガラスの中に仕込まれた電線は、はかなくもか細いピリピリとした神経のように見える。

「俺の電球は魂なんだよ」

トビラさんはそう云って電球を光らせた。その光は目にまぶしくなく、あたかも宙に浮遊しているかのようで、たしかに魂に見えなくもなかった。

「しかし、どうしてそう思うんだろうな」

トビラさんは僕に訊いているのか、自分自身に訊いているのか、電球を見つめながら眉をひそめた。

「だって、そうだろう。君の仕事はたしか、あらゆるものから魂を抜き取って剝製《はくせい》を拵《こしら》えることだったよな」

「ええ、まぁ、そうですけど」

僕は曖昧な返答をした。それが仕事のすべてではなかったけれど、いくつかある作業のひとつではある。

「だけど、どうだ？　結局のところ、一度として魂そのものを目にしたことはないだろう」

「そうですね」

「じゃあ、どうして、この電球が魂に似ていると思うんだ？」

「どうしてなんですか」

僕の方が知りたかった。

「さぁね」とトビラさんは首を振った。「でも、俺は不死身だから、何百年、何千年と生きて、いつか本物の魂をつかまえてやろうと思ってる」

トビラさんが本当に不死身であるかどうかは、じつのところ、本人も知らないらしい。

「でも、いくつかの医学的根拠がある」

トビラさんはそう吹聴《ふいちょう》し、

「俺の背中には薔薇《ばら》のかたちをした黒い痣《あざ》がある。そいつが不死身の証《あか》しなんだとさ」

にわかに信じられないことを口走った。

けれども、もしトビラさんが不死身ではなかったら、数ヵ月で寿命が尽きてしまう何千何百――いや、何万何十万の電球を誰が交換するのだろう。なにしろ、トビラさんは世界中のさまざまな公共施設をはじめ、劇場、映画館、水族館、果ては場末の小さなレストランに至るまで、ありとあらゆる電球を交換してまわっていた。

Jûmonji
Lamp
100V 60W

（そうだ）

いいことを思いついた。

「ひとつ訊いてもいいですか」

「ひとつと云わず、なんでも訊いてくれ」

トビラさんは梯子をするすると降りてきて、僕とココノツの顔を交互に見くらべた。

「あ、この子は――」

僕が言いかけると、

「ココノツといいます」

彼女はそんな笑顔を一体どこにしまいこんでいたのか、とびきりの愛想を振りまいて会《え》釈《しゃく》をした。

「あの」と僕より早くココノツが質問する。「エクストラっていう名前の国に行ったことがありますか」

どうして、僕が訊きたかったことが分かったのだろう。

「ああ、エクストラね」

トビラさんはまるで行きつけの食堂について話すようだった。

「エクストラなら、近々、行く予定があるよ。あそこは、なかなかいいところだ」

「近々っていうのは、いつのことでしょうか」

ココノツに先んじて訊くと、

「まずは、この博物館の電球を全部交換しなくてはならない」

トビラさんがロビーの天井を見上げた。

「そのあとに隣の水族館だ。あとは、図書館と市役所のロビーかな。それに、いくつか個人宅の交換もあるし。しめて、ざっと二週間はかかるだろう。エクストラに移動するのはそのあとか、さらにそのあとか――」

(ああ)

僕は胸の内で嘆いた。

思いもよらず博物館が臨時休館になり、もしかすると、ちょっとした休暇をもらえるかもしれなかった。本当にそうであるなら、エクストラへの旅も夢ではない。

でも、きっと驚くくらい電車賃がかかる。だから、もし可能であれば、トビラさんが移動に使っているサイドカーに乗せてもらえないものかと体《てい》のいいことを考えていた。

しかし、そううまくはいかない。たぶん、トビラさんがエクストラに向かう頃には、僕の休暇は終わっている。

「ここから遠いんですか」

ココノツがそう訊くと、

「ああ、遠いね」

トビラさんは考える間もなく答えた。

「あそこは、なんていうか、どこからも遠いところって感じだ。すごく小さな国だし、街の規模も小一時間で隅から隅まで見てまわれるくらい小ぢんまりとしてる——君らはあそこへ行きたいのか？　ああ、そういうことか」

トビラさんはニヤリと笑って頷いた。

「二人で旅に出るわけだな」

「え？」

反射的にココノツの顔を見てしまったが、

「いいえ」

彼女は力強く首を横に振った。

「わたしは伯母の店の手伝いが忙しいので、旅に出ることはできません」

「そりゃ残念だな、オリオ」

トビラさんが僕の肩を叩いた。

たぶん、そうしたやりとりがロビーに響いていたのだろう。

「ああ、オリオ、そこにいたのか」

様子を見に来た館長が、まっすぐ僕の方に向かって歩いてきた。

館長はそういう人だ。どこへ行くにも、まっすぐ歩いて行く。余計な寄り道をしない。余計なことも口にしない。偶然かもしれないが、その実直さは、「オーネスト」という館長の名前にもあらわれている。

「明日からしばらくのあいだ、博物館は臨時休業だ」

オーネスト館長が、きっぱりと宣言した。

「何があったんです?」

「いや、何かあったわけではないんだよ」

館長は自分の腕時計を眺めた。それが癖だった。常に今が何時であるか気になるのだ。

「何かあってからでは遅いんだ。そうだろう、オリオ。あのベルダさんが天に召された。誰がそんなことを予測できた？　そうなってからでは遅い。ベルダさんはとても疲れていた。休みの日まで出勤して、やりのこした仕事を消化していたからね」

「それはよくないなぁ」とトビラさんが腕を組んだ。「不死身じゃないんだから」

「そのとおり」

館長が声を大きくした。

「不死身じゃない者は休まなくてはならん。いや、人間だけじゃない。博物館を動かしている設備をすべて点検する必要がある。機械や道具や――」

「電球」

トビラさんが手にしていた電球を差し出した。

「そう、電球もだ。そういったものをすべて点検して、必要であれば交換する。人間もまたしかりだ。従業員諸君もこの機会に自らをメンテナンスしてほしい。オリオ、君もだ」

Honest

「ええ」

いきおいに押されて応えると、館長は、さっきトビラさんがそうしたように、僕とココノツの顔を見くらべた。

「旅に出たらいい」

きっぱりとそう云った。

「いえ」ココノツはまた首を振る。「わたしは伯母の手伝いがあるので、旅に出ることはできません」

「じゃあ、一人で行くんだ、オリオ」

館長は強い口調でまくし立てた。

「旅費が必要なら、館が支給しよう。分かるか、オリオ。もし、このうえ、君が倒れでもしたら、博物館は機能しなくなる。そういうわけにはいかないんだ。世界は回りつづけている。どんなことがあっても回りつづける。しかし、だからといって、われわれまで回りつづける必要はない。私は悟った。ベルダさんのおかげだよ。より良く、そして確実に継続していくためには、心身の休養が必要だ。みんな、好きなようにしたらいい。なに、心配はいらない。君がどこへ行こうと、世界は回りつづける。長い旅から帰ってきても、世界は何ひとつ変わらない――」

「ちょっと待ってください」

僕は思わず手を上げていた。

「いま、『長い旅』とおっしゃいましたか」

「そう、君はこれから長い旅に出る。旅というのは長いことに価値があるからだ。だって、そうだろう。行ってすぐに帰ってくるようでは、仕事へ通うのと同じじゃないか。そうした日常的な時間から遠く離れ、思う存分、たっぷりと時間を使わなくては意味がない。私もそうするつもりだ。みんなそうするだろう。だから、遠慮しなくていい。これは必要な休息なのだ」

そう云うと、館長は満足げにひとつ頷いてくるりと回転し、そのまままっすぐ僕から離れていった。

「そうだ」

館長は右の人差し指を立てて立ちどまり、

「ひとつ忘れていた」

上着の裾《すそ》をなびかせてこちらを振り向いた。

「今日、トカイ刑事が君を訪ねてきた。ちょうど君は留守だったので、『いまはいない』と伝えると、君に伝言があると手帳を取り出して読み上げた。それを、私も自分の手帳に書きとめておいたんだが——ちょっと待ってくれ」

館長は上着の内ポケットから革張りの手帳を取り出してひらいた。

「そう。ここに書いてある」

トビラさんが交換した電球がスポットライトのように館長を照らしていた。

「解剖の結果、ベルダさんの胃の中からベーグルとスモークサーモンとクリームチーズが検出されたらしい。君がこの結果を知りたがっていた、とトカイ刑事が云っていた」

「ええ」——僕は小さな声で答えた。

「以上だ」

館長はこちらに向けていた顔をまっすぐ前に戻し、決然とした様子でロビーの暗がりに消えていった。

「どうして、そんなことを知りたかったの？」

僕よりも小さな声でココノツが耳打ちした。

「トカイ刑事は、ベルダさんが自ら命を絶った可能性を示唆《しさ》していた。でも、僕は絶対にそうじゃないと思っていた。館長が云ったとおり、ベルダさんは疲れていたんだ。それで体調が優れなかった。どこか体が悪かったんだと思う」

「それと、胃の中身がどう関係あるわけ？」

「ベルダさんはいつも云っていた。最後の晩餐に食べるものは決まってるって」

「最後の食事ってこと？」

「ハチミツをかけたバター・トースト。もし、自ら命を絶ったのなら、最後にハチミツをかけたバター・トーストを食べたと思う。でも、やっぱりそうじゃなかった」

「なるほどな」トビラさんがすべてを呑み込んだように頷いた。

「てことは、館長の云うとおり、君らには休養が必要ってことだ。旅に出て、外の空気を吸ってきたらいい――にしても、どうしてエクストラなんだ？　あそこに何がある？」

「本当に素晴らしいものです」とココノツが答えた。

「だから、終わりが来たんです」と僕も答えた。「探しに行っても、たぶん、見つからないと思います」

「いや、俺が云いたいのはそういうことじゃないんだ」

トビラさんは素早い身のこなしで天井近くまで梯子をのぼり、見事な手さばきで切れていた電球を取りはずした。

「いいか、よく見ろ。終わりが来ても、このとおり、何度でもよみがえる」

真新しい電球をソケットにねじ込むと、誰かの魂のように光が活き活きとよみがえった。

7……世界を回しているのは

マリオのコーヒー・スタンドに「寄って行きたい」と云い出したのはココノツで、彼女を送り届けるときに、ちょうど店の前を通ることになり、マリオが僕に、

(寄って行きなよ)

と目で合図を送ってきた。

その様子をココノツは見逃さず、

「知り合い?」と訊いてきた。

「行きつけの店なんだ」と僕は格好をつけて答えると、

「わたし、コーヒーが飲みたい」

それで、いつものカウンター席に並んで腰かけた。

「いいね、お似合いだよ」

マリオが片方の口の端を上げて僕にウインクをした。

「いや、そういうんじゃなくて――」

僕は手を振ったが、

「わたしも、そう思います」

ココノツは瞬時にマリオと心を通い合わせた。彼女の伯母さん――アクビさんはマリオの店でときどきコーヒーを飲むことがあるらしい。でも、ココノツは「わたし、はじめてです」と興味深そうに店の中を見まわしていた。それなのに、すぐにマリオと仲良くなっている。これはもう才能だ。僕には、そういうところが欠けている。なにしろ、ココノツはトビラさんとも意気投合し、〈オスカー商會〉のストック・ルームの電球を交換してもらう約束まで取りつけていた。たしか、こういうのを、「如才《じょさい》ない」というのではなかったか。

「そんなふうに簡単に決めつけるのはよくないと思う」

少し苦味のあるマリオのコーヒーを飲みながらココノツは唇を結んだ。これもまた、彼女のおかしな才能のひとつで、僕が心の中で考えていることを――口にしていないのに――さっと汲《く》みとってしまう。

試しに、

（それって、離れていても同じこと？）

心の中でそう唱えてみたら、

「同じよ。隣にいても地球の裏側にいても、あなたの心の中はすぐに分かる」

そう答えた。

「ほう」とマリオが顎を上げる。「そういう通信機が発明されたらしいって、このあいだ、ラジオで聞いたな。〈ボイス〉とか何とかいう名前の――」

「ええ」

僕はすかさず応じた。

「じつは、試作品が博物館に提供されていまして」

ひと月ほど前に館長から支給された〈ボイス〉のデモンストレーション・モデルをジャケットの内ポケットから取り出した。手のひらの中に隠れてしまうほどの銀色の小さな筐体《きょうたい》に、きわめて精密な通信装置が組み込まれている。この小さな銀色の物体に呼び出したい相手の名前を告げて話し始めれば、ただちに相手の〈ボイス〉に通じて、すぐ隣で話すように会話ができる。

いまのところ、使用している人が限られていて、ほとんど使っていなかったが、

「すべての学芸員および、すべての従業員に告ぐ」

突然、〈ボイス〉から聞き覚えのある声が立ち上がった。カウンターから転がり落ちたら二度と見つけ出せなくなるような小さなものなのに、すぐ目の前にいるかのようにオーネスト館長の声が生々しく響いている。僕もマリオもココノツもおしゃべりをやめて、マリオはラジオの音を絞った。

「博物館は明日より一ヵ月間の休館を正式に決定しました。皆さんは、この期間に充分な休養をとり、心身ともに健全を心がけて自らをメンテナンスしてください。以上です」

「一ヵ月だって」とココノツが僕の顔を見た。「それだけあれば、エクストラに行けるじゃない」

「うらやましいね、まったく」とマリオが肩をすくめた。「ひと月休めたらどんなにいいだろう。コーヒーのことはいっさい忘れて、森の空気を吸いに行きたいよ。ピアノの練習をするのもいいだろうね。エリック・サティの『ジュ・トゥ・ヴー』。あれをうまく弾《ひ》きこなせるようになりたい」

「あのね」

ココノツがコーヒーをすっかり飲み干して云った。

「わたしとオリオは、〈ボイス〉なんてなくても、いつでも話せると思うの」

それはそうなのかもしれなかった。彼女にはそういう能力が備わっている。

「そうじゃなくてね」

ココノツが爆発したような髪の毛を振った。

「そうじゃなくて、これは、わたしとあなたの間だけ。本当を云うと、わたしにも、どうしてなのか分からない。でも、あなたが心の中でつぶやいた声がはっきり聞こえるの」

「うらやましいね」

マリオが繰り返した。

「俺にも、そんな相手がいたらって思うよ。きっと、さみしいって思いがなくなるんだろうな――いや、でも待てよ」

マリオはラジオの音量をもとに戻した。たぶん、自分の声がはっきり聞こえてしまうのが恥ずかしいのだろう。

「でもさ、この、さみしさってヤツがなくなってしまうのは、はたして、いいことなのかね。だって、俺はさみしさを紛《まぎ》らすためにこうして店を開いてる。違うかな？　何だって、そうだろう？　この世界は、さみしいって気持ちをどうにかしたくて回っている。世界を回しているのは、さみしさなんだよ」


〈オスカー商會〉まで送り届けた帰りぎわに、

「旅に出るのよね？」

とココノツに訊かれた。

「たぶん、そうなると思うけど」

「旅に出る前に、もういちど会えたら嬉しい」

彼女は妙に大人びた声を出した。

「分かった。かならず会いにくるよ」

おかしな気分だった。彼女とは、まだ出会ったばかりなのに、長いあいだ同じところで同じ空気を吸ってきたような気がした。たぶん、僕も彼女もマリオの云う「さみしさ」を遠ざけながら暮らしてきたのだろう。それはつまり、誰とも分かり合えなかったからだ。

誰とも経験を共有できなかった。

それが、はじめてひるがえった。

共有できたような気がした。そこには、言葉も説明も必要ない。息づかいを感じただけで、それぞれが抱えてきたものを、一瞬で交換できた。

「じゃあ、また」

そうして誰かと別れの挨拶を交わすのもはじめてのような気がした。仕事のあとでベルダさんとマリオの店に寄り、「お疲れさま」と云い合うことはあったけれど、それとは何もかも違う。

なんと云ったらいいのだろう。

ちょっと大げさかもしれないけれど、ひとつのものが、しばらくのあいだ、ふたつに分かれてしまうような、そんな感じがした。

(こういうことなのか)

なんだか分からないけれど、そう思った。

(誰かと出会い、誰かを想うということは、もしかして、こういうことなのか)

でも、アパートの部屋に帰れば、そこには、いつもどおりの冷たい部屋が待っている。冷凍庫からチキンを取り出して解凍し、一人きりで黙々と味気ない食事をする。なるべく、電気代を節約し、部屋の明かりも最小限に留めてラジオを聴く。数ページだけ本を読み、入浴を済ませたら、日記をつけたあとに、明日着るシャツにアイロンをかける。それで終わりだ。

ところが、そうならなかった。

角を曲がってアパートが見えたとき、部屋に明かりがついていて、少しだけ開いた窓の隙間から音楽が聞こえてきた。

あれはラジオの音じゃない。

叔父さんが愛用しているポータブル・レコード・プレイヤーの音だ。

あきらかにラジオよりいい音で、叔父さんの選ぶレコードは常にご機嫌だから、はじめて聴くのに、ずっと前から知っているような気になる。心の中に眠っていたものに命が吹き込まれたような嬉しさがあった。


「お帰りなさい」

外から帰ってきたのは僕の方なのに、そう云いながらアパートのドアをあけた。

「おお。ただいま、オリオ」

ジャン叔父さんの声が部屋の奥から返ってきた。ミントとレモンを混ぜたようなコロンの香りが漂っている。

「どうだい、オリオ。留守のあいだに何かあったか?」

奥の部屋からよろよろとあらわれ、酒に酔っているのか、頬が赤らんでいる。

「そうだね」

何をどこから話していいのか分からなかった。

「悲しい別れがあって、嬉しい出会いもあって、博物館が一ヵ月の休館になった」

「土産《みやげ》のフライドチキンがあるから食ったらいい。〈マルベリー・ストア〉の極上のヤツだ」

叔父さんは僕の話をまったく聞いていないようだった。

「困ったことに車がいかれちまってさ。それで、急遽、戻ってきたんだ。おれの車はハルマでなければ直せない。奴はおれが六歳のときからのダチで、おれのことなら何でも知ってる。おれの車のこともね。おれよりあいつの方がよく分かってる。だから、さっさと帰ってきた。車が直ったら、またすぐ巡業に戻る。パティには悪いけど、ちょっとのあいだ、ギターなしで歌ってくれないかって云ってある。巡業を重ねるたび、どんどん歌が上手くなってるからね。仕方がない。でも、パティは巡業を重ねるたび、ギタリストやピアニストを雇う金はないからね。仕方がない。でも、パティはおれの伴奏なんて要《い》らないくらいだ。いや、やっぱりそんなことはないか。おれのギター

Jan

と彼女の歌がうまく合わさったときに観客を魅了する音楽になる。素晴らしいことだ。あ
あ、素晴らしいっていうのは、こういうことを云うんだなって思うよ」

叔父さんは息もつかずに話しつづけた。

「で、何の話だっけ？」

これがお決まりのパターンだ。一気に調子よく喋《しゃべ》って、そのうち、自分が何の話をして
いたのか分からなくなる。

「車が壊れたから、急遽、戻ってきたって――」

「ああ、そうだった」

叔父さんはサスペンダーをベースの弦のように指ではじいて、ビンビン鳴らした。

「走れなくなったわけではないんだ。そうなったら、帰って来られなくなるからね。その
前に察知するわけだ」

叔父さんは十秒ほど沈黙した。それから、右のこめかみに手を添えて目を閉じ、

「アブドラ・ハブドラ・サブドラサ」

歌うようにそう云った。

「何それ？」僕は笑いながら、「アブドラ・ハブドラ・サブドラサ」と胸の内に唱える。

「呪文だよ。この世の常識で解けないものに参入するときは呪文が必要になる。な？　この呪文さえ唱えれば、言葉を持たない者たちの声が聞ける。それで、おれは訊いたわけだ。車にな。『どうだい、アンタ、そろそろいかれてしまいそうじゃないか』って。そしたら、案の定、ヤツは云ったんだ。『ええ、わたしはもう虫の息です』って。それで、急遽、戻ってきたわけだ」

「でも、また巡業に戻るんだよね？」

「ああ。車は明後日には直ってくる。そうしたら出発だ。出発したら、しばらくは帰れない。かき入れどきってやつだ。いや、実際の話、おれたちは人気が上がってきて、あっちこっちから依頼がある。ちっぽけな国のちっぽけな小屋ばかりだけどな。この先は——アームンド、カサイ、ブリル、エクストラだ。オリオは知らないだろう、そういった小さな国を」

「え？」と僕は思わず声が大きくなった。「エクストラ？」

「お？　お前、エクストラを知っているのか。あそこはいいところだぞ。レモンとオレンジがうまい。びっくりするくらい小さな国だけど、元気な老人が多くて、朝っぱらから軽快な音楽を流して、みんな好き勝手に体操をしてる。な？　ここが大事なところだ。同じ体操をするんじゃないんだ。それぞれが、それぞれの体操をしてる。最高だよ、まったく。で、何の話だっけ？」

8……………こんがらがったもの

はっきり云って、ジャン叔父さんは計画性のない人だ。まずもって、予定というものを立てない。仕事があるので、一応、スケジュールどおりに動いてはいるのだろうけれど、たとえば、こうして車が壊れてしまえば、巡業の途中なのに、さっさと帰ってきてしまう。

叔父さんと一緒に巡業しているパティさんは、とびきり歌がうまくて、明るくて気立てがいい。そこにつけこんで、叔父さんは勝手なふるまいをしているんじゃないかと思う。

ただ、叔父さんはパティさんに限らず、誰とでもすぐに仲良くなる。おしゃべりが得意で、数えきれないくらいのエピソードが頭の中に詰まっている。たぶん、頭だけじゃなく体の至るところにいくつも引き出しがあり、その引き出しの中から、いかにも面白そうな話を次々と取り出しては聞かせてくれる。それで、皆、叔父さんの虜《とりこ》になる。

でも、それは叔父さんのいい加減なところを知らないからだ。

僕は知っている。

叔父さんは自分で何ひとつ決められない。どうしても決めなければならないときは、コインを投げて、その裏表で決める。常に行き当たりばったりの人生で、貯金などするはずもない。かろうじて、このアパートの部屋が唯一の財産だけれど、それだって、どうやって手に入れたのか大いに怪しい。

誰かに云われたことがある。

「口が達者ってことは、人を騙《だま》す才能もあるってことだ。君の叔父さんは、よっぽど、人を云いくるめるのが巧《うま》いんだろう」

たしかに叔父さんにはそういう危なっかしいところがあった。にもかかわらず、心を許してしまえるのは、やはり素晴らしいギターを弾くからだ。愉快な話をたくさん聞かせてくれるだけでも充分なのに、そのうえ、ギターの名手なのだ。

「いいか、オリオ」

叔父さんはいつも云っている。

「俺がギターをうまく弾けるわけじゃない。すべては、このギターのおかげなんだ。俺の生涯の相棒――〈ブルー〉っていう名前まで付いているが、いまはもう、ずいぶんと色褪せてしまった。もとは美しい青いギターだったんだ。根っからのブルース・ギターってわけだよ。だから、本当のことを云うと、どんなヤツが弾いたって、いい感じに弾ける」

叔父さんはそこでウインクをした。

「ただね、やっぱり相性ってもんがある。たぶん、こいつは世界でいちばん俺と相性がいい。誰が弾いてもいい音を奏《かな》でるだろうが、俺が弾いたときに、世界一の音になる」

こういった物云いも叔父さんならではのビッグマウスで、半信半疑で聞いていた人たちも、叔父さんがザクザクとギターを弾き始めると、いっせいに、しんと静まる。

そう、叔父さんは「ザクザク」とギターを弾いた。

僕は音楽の素晴らしさをうまく表現できない。ひとつひとつの音に、どんな擬音をあてればいいのか分からない。でも、叔父さんのギターだけは、「ザクザク」で間違いない。それは僕の胸の真ん中あたりに、直接、「ザクザク」と響く。とても力強い音だ。胸の真ん中で、こんがらがっていたものが、その「ザクザク」で心地よくほどけていく。

「音楽っていうのは、人の心を元気づけるためにあるんだよ」

叔父さんの持論だった。

「だから、俺はアップ・テンポの曲が好きなんだ。調子のいい、一発で元気がよくなる音楽。俺はそいつだけを弾いていたい」

持論どおり、叔父さんのギターは、いつでも調子よく「ザクザク」と弾かれた。

ついでに云っておくと、叔父さんは、いつだってギターを弾いている。正確に云うと、ギターを弾いているか、ハチミツ酒を飲んでいるか、誰も読まなくなった昔の探偵小説を読んでいるかだ。だから、「ギターを弾いてよ」と、わざわざリクエストしなくても、いつのまにか叔父さんは「ザクザク」と音をたてている。

今夜は久しぶりだった。

やはり、胸の真ん中の「こんがらがったもの」が、ゆっくりほどけていく。しばらく忘れていたけれど、叔父さんの「ザクザク」は、エジンバラ先生の心の治療よりはるかに効果があった。

僕は忘れたいことを忘れようとして、心の芯がこわばっている。そのこわばりや、わだかまりのようなものがほどけると、いろいろなことが、はっきり見えてくる。

たとえば、僕はこの街が好きだ。博物館が好きだ。ベルダさんが好きだった。マリオのコーヒーも好きだ。マリオとどうってことない話をする時間も愛おしい。この繰り返されてきた日常、毎日のように会っている人、滞《とどこお》りなくつづいていくもの——そういったことが、僕にはいちいち好《この》ましい。

というか、僕はそれだけでいい。

欲しいものや、行ってみたいところや、食べてみたいおいしいもの、観たい映画、聴きたい音楽、読みたい本、知らない話、知らない場所、知らない人——見たり聞いたりしたいことは果てしなくあるけれど、もし、それらと引き換えに、この日常が——この毎日の繰り返しが失われてしまうとしたら、迷わず、僕は毎日の繰り返しを選ぶ。他は何もいらない。

どうして、叔父さんのギターを聴いて、そんなことを思うのか、自分でもよく分からない。

でも、どうやら僕は叔父さんと一緒に旅に出ることになりそうで、それが嬉しいようで、なんだか嬉しくない。

遠くの知らない国へ旅することは、心躍るものであると同時に、ここを離れること——日常の繰り返しから離れることを意味していた。

（そうか）と思う。

これは、きっと運命の力によるものだ。

僕はいま、叔父さんに伝えなくてはならないことがある。というか、そのセリフを口にするために、運命がその力を発揮しているのだろう。僕にはそれが分かる。叔父さんが、このタイミングで帰ってきたのも、もっと云えば、車が壊れてしまったこと自体、じつは、運命の力によるものじゃないのか。

となれば、僕はやはり、そのセリフを伝えなくてはならない。

ためらいながら、叔父さんの顔をちらちら見ていたら、

「なんだ？　どうしたんだ」

叔父さんが先まわりするように、こちらを見返した。

「何か云いたいことでもあるのか」

これだ。

こういう勘のよさも、叔父さんの取り柄《え》だ。きっと、こんなふうにして叔父さんは世の中を渡ってきた。

「云ってみな」

ギターを弾く手をとめて、僕の顔をじっと見た。

「あの――」

僕は運命の力に乗じて、そのセリフを口にする。

「もし、できたら、僕をエクストラまで連れて行ってもらえないかな」

自分としては、一世一代のセリフのつもりだったが、

「ああ、いいよ」

叔父さんは、いつもの軽い調子で答えた。

「お前の云いたいことっていうのは、そんなことなのか。それなら、何の心配もいらないぞ。俺はいつだってお前の望みを叶《かな》えてやる。というか、お前が、『旅に出たい』っていうことは、仕事が休みになったってことだな」

「そのとおりです」

僕は少々、かしこまって答えた。

「博物館のメンテナンスのために長期休暇がもらえたんです」

「そりゃあ、いいことだ。命を持っているものも、持っていないものも、みんな疲れてくる。俺の車がいい例だ。な？　皆、気をつけなくちゃいけない。命のあるものは、『どうも、調子がよくない』と自分で気づくけれど、命を持っていないものは、調子がよくないことを誰にも訴えられない。だから、俺たちの方が気づいてやらないといけないんだ」

もしかすると、僕はベルダさんと出会う前から、この世界の秘密のようなものを叔父さんから教わっていたのかもしれない。すべての生きものだけではなく、「あらゆるものに魂が宿っている」とベルダさんに教わったつもりだったけれど、そういえば、叔父さんは、「ギターが『もう疲れた』と云ってるから、そろそろ、弾くのをやめよう」

いつも、そんなことを云っていた。

アブドラ・ハブドラ・サブドラサ。

ベルダさんが博物館で臨んできたことを、叔父さんは鼻唄まじりで実践していた。

僕には最早《もはや》、こういったことすべてが運命の力によってつながっているように思える。

街から離れるのはとてもつらいけれど、そんなふうに脈々とつながってきたものを、ここで僕が断つわけにいかない。

＊

「おい、オリオ」

翌朝、まだ眠っていた僕は叔父さんに揺さぶり起こされ、

「さぁ、出発だ」

いきなりそう云われた。

いや、そうじゃない。もしかして、そんなことになるかもと予測し、いつでも出発できるよう、荷づくりは済ませておいたのだ。

「車は？」と訊くと、

「もう、すっかり元通りだ」

叔父さんは上機嫌でパチリと指を鳴らした。

車のメンテナンスをしてくれたハルマさんは叔父さんと大して歳が離れていないはずなのに、一見、ごく普通の青年に見える。けれども、それこそ、遠い国から修理の依頼に訪れる客がいるくらい腕がいい。だから、叔父さんが、「大至急、直してくれ」と依頼したとすれば――たぶん、そうしたんだと思う――「明後日まで」と云いながら、実際はひと晩で直ってくるんじゃないかと踏んでいた。

「さすが、ハルマだな」

叔父さんはもう帽子をかぶっていた。ギター・ケースも抱えている。

「俺のあのワゴン車をドライバー一本で直したそうだ。大した奴だよ。『このくらいの修理なら、手を汚すことなく朝飯前です』って。いや、ホントにあいつ、朝一番で電話してきて、『予定より早く直りました』って。俺は飛び起きたよ。急いで、奴のファクトリーへ駆け込んで引き取ってきた。驚いたね。あいつ、手が汚れていないどころか、作業着すら着ていなかった。あれはまるで、大学で語学の勉強をしてますって風情《ふぜい》だよ」

Haruma

叔父さんは話がとまらなかった。

「だけど、あいつは片時もドライバーを手放さない。俺の見るところ、あいつにとってのドライバーは俺のギターと同じだ。まさに相棒だよ。あいつもドライバーも、お互いを必要としている。それぞれ単独では、あそこまで力を発揮できない。な？ ここが肝心なところだ。もちろん、奴もドライバーもなかなかの力を持ってる。でもな、奴とドライバーが――つまり、人間と道具が力を合わせたときに、われわれの想像を超えた、とんでもない力が発揮されるんだ」

やはりそうだ。叔父さんの話は、どれもベルダさんが云っていたことによく似ている。

「人と物を分類する必要はないんです」

ベルダさんはそう云っていた。

「だって、そうじゃありませんか。人は物の力を借りて自らの思いや考えを表現し、物は物で、そこに人の思惑《おもわく》が加わることで、はじめて生き生きと躍動するのです。人が物を動かしているのでもなく、物が人を促《うなが》しているのでもありません。人と物は同じ仲間として、力を合わせているんです」

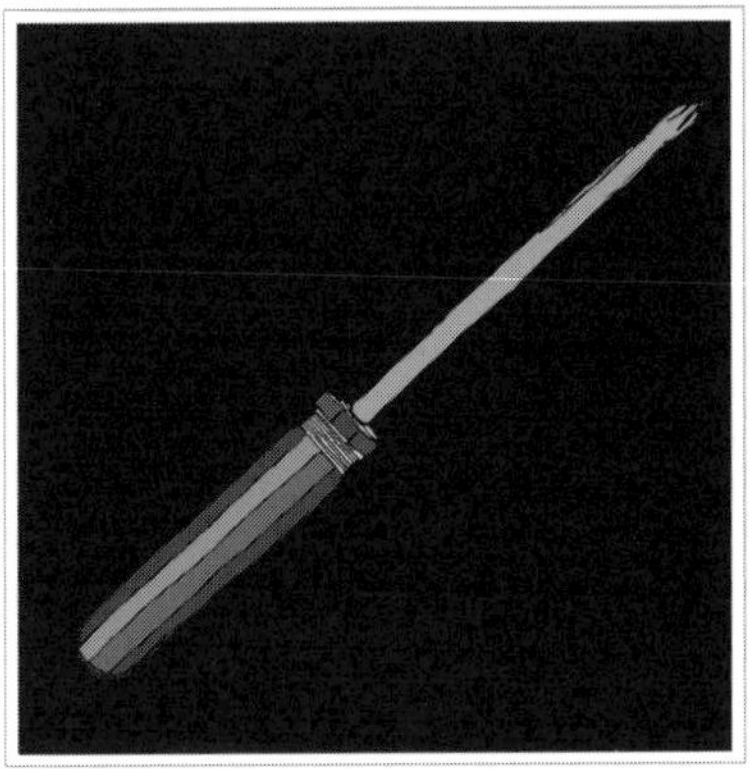

それからの数十分間は早まわしの映像のようにするすると流れた。

叔父さんにけしかけられながら、歯を磨いて顔を洗い、着替えを済ませて、朝食の準備を始めたところで、

「飯は途中で食べるから、いま食わなくていい」

叔父さんに背中を押されて部屋を出た。早足で階段を降り、アパートの前に停めてあったワゴン車の後部座席に荷物ごと押し込められた。

バックミラーに僕の冴《さ》えない顔が映っている。

櫛《くし》を入れる時間がなかったので髪がボサボサだ。どういうわけか、僕は出かけて行くときに限って髪がボサボサになってしまう。

(ああ)と、ため息が出た。

ボサボサ頭で思い出したけれど、ココノツに会う時間がなかった。「かならず」と約束したのに——そして、それは僕とココノツが交わした最初の約束であったのに——悲しいことに、どうやら果たせそうにない。

（それもまた運命なんでしょうか）
運命の神様がいるなら、真っ先に訊いてみたかった。

9……さいはての時計男

　そして、僕らの旅がワゴン車の出発と共に始まった。

「僕ら」というのは、僕とジャン叔父さんと――それからココノツのことだ。

　ココノツは、いつでも僕の胸の真ん中にいる。僕が彼女のことを想わなくても、胸の真ん中のいちばん深いところから、

（ねぇ）

　と彼女の声が聞こえてくる。

（申し訳ない。約束が守れなくて）

　僕は声に出さないように注意し、ワゴン車の後部座席から窓の外の景色を眺めながら胸の真ん中に向かって応えた。

（いいの、分かってる）

ココノツの声はマリオのコーヒーを飲んだときのように僕の体の隅々まで染み渡った。

（あなたのせいじゃない）（でも、しばらく会えなくなるから）（しっかり顔を見ておきたかった）

僕はそれらの声に何と応えていいか分からなかった。そんなことを云われたのははじめてだった。

「ねぇ」と僕は声に出して云う。ココノツに向けてではなく、運転席で鼻唄を歌っている叔父さんに向かってだ。

「ああ？」

叔父さんはバックミラーごしに僕と目を合わせた。

「どうした？　腹が減ったのか。もう少し待ってろ。俺の行きつけの店で、たんまり食わしてやるから」

「いま、何時なのかな」

僕がそう訊くと、

「いまは――十時十分ってところだな」

叔父さんは自分の腕時計をちらりと見た。それから、急に眉間《みけん》にしわを寄せ、

「お前、もしかして時計を持ってないのか」

叔父さんにしては、めずらしく声が尖っていた。

「持ってないけど」

「信じられんな」

叔父さんはさらに声を尖らせた。

「どういうことだ、オリオ。お前、分かってるのか。この世界を生きていくってことは、時間の中を生きていくってことなんだぞ？　世界っていうのは、ようするに時間のことなんだ。いや、そうじゃない――」

叔父さんはそこで、ぶるぶるっと頰を震わせるようにして首を振った。

「そうじゃなくて、時間はお前なんだ。いいか？　お前がそこにいて、そうして生きているから、お前の時間が流れる」

「僕の時間？」

「そう、お前の時間だ。時間には、お前の時間と世界の時間がある。俺の時間だってある。

いろんな奴のいろんな時間がある。そういった、いくつもの時間をだな――待ってくれ、赤信号だ」

叔父さんはこういう人だった。急に話をやめて、自分の身のまわりを確認する。もちろん、それは悪いことじゃない。どうして、そうなのか教えてくれたことがあった。

「俺はときどき、世界から行きはぐれちまう。身のまわりのあれこれと折り合いがつかなくなる。いつのまにか、俺だけ取りのこされる。夢中になるのは悪いことじゃない。でも、夢中になりすぎると、文字どおり夢の中からぬけ出せなくなる」

きっと、いまもその境地に達したのだろう。たしかに話に夢中になって、赤信号を見落とすところだった。

叔父さんは口を結ぶと、まっすぐ前方を見据えて信号が青になるのを待ち、冷静にあわてることなく車をスタートさせた。

「な？」

叔父さんは前方を見据えたまま背中で僕に語りかけた。

「俺の時間と世界の時間がずれちまうと、うっかり事故になりかねない。もういちど云うが、夢中になるのは結構なことだ。でも、世界のことを忘れてはならん。な？　だって、オリオが夢中になっているものは——俺にはよく分からんが、世界中のあらゆるものなんだろう？　いつだったか、お前がそう云ってた。『僕の仕事は世界中のあらゆるものを——あらゆる生きているものと、そうじゃないものを記録して保管することだ』って。『それが、どんなに素晴らしいことか分かる？　ジャン叔父さん』——俺はそのとき、『へぇ』とか『ほう』としか答えられなかった。でも、俺なりにずっと考えてきた。お前はいったい何をしているのかって」

「それで分かったの？」

僕が前のめりになって訊くと、

「いや」

叔父さんはフクロウのように首をすくめて咳ばらいをした。

「ただ、お前には時計が必要だってことは分かった。街を出て行く前に俺が買ってやろう。腹も減ったけど、いまは飯より時計だ」

思えば、僕は自分が暮らしてきた街がどのくらいの大きさで、どんなところなのか、地図上では知っていたけれど、体感したことがなかった。ずっと、叔父さんのアパートの部屋で生活し、毎日、博物館に通って仕事をしてきた。その繰り返し。旅に出たことはなかったし、隣街にさえ行ったことがない。

想像や空想の上では分かっているつもりだった。博物館の地下を走る地下鉄がどこか遠い所まで走る鉄道につながっていて、街から平原へ出て、湿地帯を行き、そのうち山に囲まれて人間のあまりいないところへたどり着く。そうしたイメージはあった。でも、経験がない。だから、街のはずれ——街が終わって別の街に変わっていくところを、僕はまるで知らなかった。

「猫にだってテリトリーはある。そのテリトリーから出ていくのが旅に出るってことだ」

叔父さんはそう云うけれど、僕は自分のテリトリーさえよく知らなかった。でも、叔父さんが教えてくれたのだ。

「ほら、そこの交差点だ。一見、何の変哲もない十字路だがな」

前方に見えた交差点そのものに話しかけるように叔父さんは云った。

「そこを越えたら、もう隣街だ。だから、ここで車をとめよう」

「え？」

「その交差点の角に時計屋がある。そこが俺たちの街のさいはてだ。な？　さいはての時計屋ってわけだよ。俺のこの腕時計もそこで買った。はじめて巡業に出るとき、時計屋のエブリに挨拶しておこうと思ってね、酒場でよく顔を合わせていたからな。で、まぁ――さっき俺がオリオに話したこと、世界の時間がどうのこうのって話をたっぷり聞かされて、おかげで、いまでもソラで話せたろう？」

叔父さんはワゴン車を路肩《ろかた》に寄せて停め、「さぁ、行くぞ」と云いのこして車を出ると、まっすぐ角の時計屋の中に入っていった。

僕は胸の真ん中のココノツに、

（まだ街の中にいる）

と話しかける。

（「さいはて」までは来たみたいだけれど）

（すごく、いいことよ）とすぐに返事が聞こえた。（旅に出るなら、時計は必要だし）

ココノツはここまでの状況をことごとく把握しているようだった。その事実が僕を安らかな心地に誘ってくれる。彼女の声に勇気づけられて僕も急いで時計屋の中に足を踏み入れた。ものすごく昔から営まれていることが分かる、どこか博物館の〈小展示室〉を思わせるクラシックなつくりだった。

でも、おかしなことが起きた。

「いらっしゃい」と迎えてくれた店主の――エブリさんだったか?――の顔が、僕には時計の文字盤そのものに見えた。冗談を云っているのではない。顔の全体が文字盤でつくられているかのようなのだ。

僕がどうかしているのか、それとも、店主がどうかしているのか分からない。自分が陥《おちい》っている混乱を店のカウンターの向こうにいる時計男――もとい、エブリさんに伝えると、

「それでいいのです」

エブリさんが混乱を解くように優しげな声で応じた。

「だそうだ」と叔父さんもそう云っている。

「私の顔が文字盤に見えるということは、あなたが時計を欲しているからです。あなたは、

ずっと時計をもとめていた。そして、その思いが、いままさに叶えられようとしている。そういうとき、純粋な心を持った少年少女には、目の前にあらわれた人物が自分の夢とひとつになってしまうのです」

「そういうことだ」

ジャン叔父さんも、しきりに頷いていた。

ちなみに、叔父さんは叔父さんのままで、時計の顔になってはいない。

「まぁ、最近のガキどもは、そんな夢も見ないようだがな」

叔父さんは苦笑した。

「俺がガキのころは、そこら中に吸血鬼がいて、火星人がいて、あとは――そうだな――蜘蛛《くも》男とかモグラ男とか、そんなのが、わんさかいたもんだ」

あるいは、叔父さんは年に一度の仮装パーティーの記憶と一緒になっているのかもしれない。

でも、じつを云うと、僕にも思い当たることがあった。いまの僕は決して「ガキ」と呼ばれる年齢ではないけれど、そう呼ばれてしかるべき本当に子供だったころは、「胡桃《くるみ》割り男」や「コブラ男」や「ハサミ女」なんかを見たことがある。

ということは、僕はいま退行しているのだろうか。

子供のころの純粋な心を持った自分に？

「私の顔が文字盤に見えているのですね」

時計男が僕に確かめた。

「はい」

「では、その文字盤はどんなデザインですか。このサンプルの中から選んでください」

そう云って時計男はカウンターの上に文字盤ばかりが並んだカタログをひろげてみせた。

僕は慎重にカタログのページをめくっては、時計男の顔——つまりは、その文字盤の意《い》匠《しょう》を確認し、百を数えるくらいになったとき、ようやく、そっくり同じものを見つけ出した。

「これです」

「なるほど」

時計男は、（おそらく）満足げにうなずき、（おそらく）笑みを浮かべながら、

「そうしますと、こちらの時計になりますが――」

云い終わらぬうちに、叔父さんが、

「いくらだい？」

と分け入ってきた。時計男が声をひそめ、叔父さんにコソコソと金額を伝えている。すると叔父さんは、この世の終わりを目の当たりにしたような驚愕《きょうがく》の表情になり、

「なんてこった」

とつぶやきながら、時計男に向かってひとつ頷いた。それから、「つけといてくれ」と小声で付け加え、

「巡業が終わったら、耳を揃えて払うから」

そう云ったように聞こえた。

僕は恐縮する。叔父さんにそんな高額なものを買ってもらうのは通信販売の広告で見つけた天体望遠鏡をねだって以来だ。そのときも叔父さんは、「おい、目の玉が飛び出ちまったじゃないか」と云いながら、結構な値段を払ってくれたのだ。でも、送られてきた望遠鏡は、天体どころか、それこそ隣街の電波塔にすらピントが合わないチープなつくりだ

Tokeiotoko

った。

そういうわけで、僕は思いがけず自分のものとなった腕時計を、「さぁ、どうぞ」と手渡されても、もうひとつ信用がおけなかった。

そこへ、

(それは、とてもいい時計よ)

ココノツの声が胸に響いた。

(あなたは、その時計に導かれて旅をするのだから)(きっとね)


車に戻ると、叔父さんは自分の腕時計の時間と、僕の腕時計の時間を「合わせよう」と云った。

十時五十二分。

正確にふたつの時計の針を合わせた。

「よし、出発だ。飯は隣街で食うぞ」

車を発進させ、街の終わりの交差点を背にすると、いよいよ本当に旅に突入したのだと、頭ではなく体が感じていた。

「ん？」と叔父さんがバックミラーを睨んでいる。

「なに？」と僕もミラーを覗き込んだ。

「どうも尾《つ》けられているらしい」

叔父さんはすぐ後ろを走っている車を見ていた。運転している男の顔をじっと見ている。

「知ってる顔だ。誰だっけ？」

僕もじっと見ていた。時計の時間を合わせたせいだろうか、叔父さんの行動にいちいち同調したくなる。

たしかに知っている顔だった。

「あれはトカイ刑事です」

その名前が自然と口をついて出た。

10……サルのダイナーで

　叔父さんは時計屋の主人とも親しげに話していたけれど、「ここは俺の行きつけなんだ」と云ったとおり、そのダイナーの主人とは、まるで兄弟のように親しげに話していた。ダイナーの店主の名はサルといったが、なんというか、顔も声も、じつに叔父さんによく似ている。

「元気か」

「ああ」

　二人が話していると、どちらが叔父さんで、どちらがサルなのか分からなくなった。

「何を食う?」と訊いたのは、たぶんサルの方だろう。

「いつものやつをふたつ」

「オーケー、いつものやつだな」

「あ、こいつは俺の甥っ子で、なんだかよく分からないが、頭のいい大人どもに天才少年とかなんとか云われてるらしい。どうして俺みたいな奴の甥っ子が天才なのか分からないが、とにかくそういうことらしい」

「ほう?」

サルは値踏みするように僕の頭のてっぺんからつま先までをひととおり眺めた。

「しかしまぁ、天才ってのは職業じゃねぇからな。それだけじゃ、飯が食えないだろ」

「僕は天才なんかじゃありません」

この際、はっきり云っておきたかった。

叔父さんとサルの云うとおりで、頭がいいとされている大人たちが、冗談めかして、「天才」という言葉を使ったのだ。それに、仮に僕が天才なのだとしても、それが何の腹の足しにもならないのは、僕がいちばんよく分かっていた。

だから、そんなことはどうでもいい。

「僕は天才じゃないけれど、自分が天才じゃないっていうことは分かります」

「ほう」

サルは眉を上げて僕の顔を見ていた。

「なるほど、このガキはただの生意気野郎ではないみたいだ。なかなか見どころがあるよ。顔にそう書いてある」

「そりゃ、そうだろう」

叔父さんが鼻をひくひくさせていた。得意げになると、叔父さんは鼻のひくひくがとまらなくなる。

「なにしろ、俺の甥っ子なんだからな、そこらのガキと一緒にしないでくれ」

「ああ、よく分かったよ」

そう云ってサルが厨房の中に戻ると、入れかわりに、ココア色のジャケットを着た男がテーブルに近づいてきて、

「ここに座ってもいいですか」

僕の隣に割り込むようにしてさっさと座ってしまった。向かい合わせの四人がけの席だったが、二人でちょうどよかったのに、三人で座ると、なんだか窮屈に感じられる。しかも、その三人目の男というのが、トカイ刑事だったのだから——。

Saru

「誰だい、あんた」

叔父さんがひろげていた新聞を乱暴に折りたたんで口をとがらせた。

「私は――」

「ベルダさんのことを調べている刑事さんだよ」

僕が代わりにそう答えた。

「ええ、そういうことなんです」

トカイ刑事はポケットからハンカチを取り出し、無造作に音をたてて鼻をかんだ。

「あなたが、オリオ君の保護者の――」

「いかにも」

叔父さんは少し怒っているようだった。それは、トカイ刑事が叔父さんの嫌いな警察の人であったからなのか、それとも、四人がけの席が急に窮屈になってしまったからなのか――たぶん、後者だろう。

「で？」

やはり叔父さんは怒っていた。怒っているときは極端に言葉数が少なくなる。

「俺は腹を空《す》かして、ようやく朝食にありつけるところなんだ。できれば邪魔をしないでいただきたい」

「その朝食のことなんです」

トカイ刑事は叔父さんと僕の顔を見くらべながら云った。

「ベルダさんが最後に食べた食事のことです」

「あ」――僕は館長から聞いたトカイ刑事の報告を思い出した。「ベーグルとスモークサーモンとクリームチーズだったんですよね」

「そう」トカイ刑事は落ち窪《くぼ》んだ小さな瞳を光らせた。「君はそのことを知りたがっていました。それは、どうしてなんですか」

「ベルダさんは最後の食事を決めていたからです」

「最後の食事？」

叔父さんはその言葉の響きが気に入ったのか、「最後の食事、最後の食事」と小声で繰り返している。

「それはどういうことでしょう？」

トカイ刑事は皺だらけのくたびれた手帳を取り出してメモをとり始めた。僕はメモをとりやすいように、はっきり答える。

「ベルダさんはハチミツをかけたバター・トーストが大好物だったんです。だから、それを食べるたび、人生の最後に食事をするなら、このハチミツをかけたバター・トーストだって、必ずそう云っていました。だから――」

「もし、自ら命を絶ったのであれば、最後にそれを食べたであろうと、君はそう推測するわけですね」

「ええ。ですからベルダさんは、まさか、それが最後の食事になるとは思っていなかったんだと思います」

「なるほど」

トカイ刑事はガサガサと変な音をたてながら手帳になにごとかメモをとっていた。

「では、そういうことなんでしょうね」

「よく分からんが、そういうことだ」

叔父さんが、ぶっきら棒に云った。

「もういいだろう？　アンタがいると暑苦しくてかなわない。こっちは、さわやかに食事をするところなんだ。悪いけど、用事が済んだなら消えてくれないか」

「分かりました」

トカイ刑事は皺だらけの手帳をポケットに戻すと、「これからどちらへ」と席を立ちながら叔父さんを見おろした。

「どこか——遠いところだよ」

叔父さんは食堂の窓の外を見ながら低い声で答えた。

「遠いところですか。ずいぶんとまた、あわただしく街を出て行かれるようですが、何か急用でもあるんですか」

叔父さんは窓の方を向いたきり微動だにせず、トカイ刑事の問いに答えずにいると、

「では、また」

鼻をすすりながらトカイ刑事はダイナーを出て行った。

「いやな奴だ」

叔父さんは憤慨《ふんがい》している。

「いかにも、お前に話があって来たみたいなことを云っていたが、あの刑事は俺に用があるんだよ。何とは云わないが、そうに決まってる。あの目を見れば分かるよ」

はたして、そうなんだろうか。

叔父さんは警察の人を見ると、極度の被害妄想に陥ってしまう。昔からそうだった。何も悪いことなどしていないのに——と僕は信じているけれど——重罪を犯した逃亡犯のように、落ち着かなくなる。それで、逆に疑われてしまうのだ。おそらく、トカイ刑事も不審に思っただろう。たぶん、叔父さんはお腹が空いていて、行きつけのいつもの店で気持ちよく食事をしたかっただけなのに。

「まったく、ケチがついたよ」

サルが「お待たせ」と湯気の立つ料理をトレイにのせて運んできても、叔父さんの機嫌はなおらず、それどころか、待ちに待った朝食から目を背《そむ》け、

「おかげで食欲が失せちまったよ」

舌打ちをして、また窓の外を見た。

「叔父さんは刑事さんに疑われるようなことをした覚えがあるの?」

「まさか、そんな訳がないだろう。そうじゃなくてだな――」

テーブルの上に並ぶ朝食のセットを眺め、

「俺はいったい最後の食事に何を食べたいんだろうってな。いや、何を食べたいとかじゃなくて、いつか最後の食事をするときが来るんだなって」

声を落としてそう云った。

トレイの上にはベーコンエッグとトーストとブラックコーヒーとトマトサラダが並んでいる。窓からの光に映えて、どれも輝いて見えた。玉子の黄身のあざやかさ、ベーコンからしたたる金色の脂、ちょうどよく焼きあがったトースト、いれたての香りのいいコーヒー、いかにもしゃきっとしたレタスと太陽の光を存分に浴びた真っ赤なトマト。

「そんなふうに考えなくていいと思うけれど」

僕はつとめて明るい声で叔父さんをなぐさめた。

「それはもう、ずっと先のことになると思うし」

「いや、それは違うぞ」――叔父さんは急にいつもの調子に戻った。「俺たちは自分の時計を持ってる。な？　それは限られた時間を手にしたってことなんだ。だってそうだろう。

この世の時間は俺たちにお構いなしにつづいていく。だけど、俺の時計がいかれて、いつか止まってしまうように、俺の時間にもいつか終わりがくる。それはいつになるか分からない。そんなに悲観的になることはない、とお前は云いたいんだろうが、俺は悲観的になってるんじゃない。当たり前のことを云ってるんだ。時計を持つというのはそういうことだ。この世界を動かしていく時間とは別に、自分を回していく時間を持つってことなんだよ」

叔父さんはナイフとフォークを手にし、

「これが最後になるかもしれん」

そう云って、猛然と食べ始めた。

(ねぇ)と僕は声に出すことなく、胸の真ん中のココノツに話しかける。(いま、ようやく朝食を食べてる。街を出てすぐのところ。五分で街に戻れるところで。ぜんぜん、旅が始まらなくて笑っちゃうよ)

僕は実際、笑いながらトーストにバターを塗っていた。

(そんなことないわ)

SARU'S
MORNING SET

すぐにココノツの声が返ってきた。

(旅っていうのは、どこかへ行って帰ってくることなんだから)

バターを塗る手をとめて、(どういうこと?)と訊く。

(旅を終えて、アパートに帰ってきたときのことを想像してみて。部屋に戻って、シャワーを浴びて、部屋着に着替えて、ソファに体をあずけて目を閉じる。そのとき、きっと旅の始まりから終わりまでをふり返るでしょう?)

ココノツに云われたとおり、旅から帰ってきた自分を想像してみた。

(そのときに分かると思うけれど、旅の終わりから見て、いちばん遠い場所は旅の始まりなの。分かる? いま、オリオはこの旅のいちばん遠いところにいるの。五分で戻ることなんてできない。これはもう旅なんだから、後戻りなんてできないの。後戻りしたら、そこでもう旅は終わりなんだから)

そんなふうに考えたことがなかった。旅に出たことがなかったからだ。でも、たしかにココノツの云うとおりで、旅に出てしまった以上、僕の最終目的地は、あのアパートになる。この旅がどんな旅になるのか分からないし、〈エクストラ〉がどれほど遠いところなのかよく知らない。でも、旅を終えた自分から見れば、たしかに僕はいま、旅のいちばん遠いところにいた。

「そういえば、オリオ──」

叔父さんが口の中のものをコーヒーで流し込んで云った。

「あの刑事が、『何か急用でも？』と訊いていたが、お前はどうして〈エクストラ〉へ行きたいんだっけ？」

（ふふっ）とココノツが笑いをこらえるのが聞こえてきた。（オリオの叔父さんって、すごく楽しい）

僕は上着のポケットに忍ばせていた〈六番目のブルー〉を取り出して、叔父さんに「これ」と見せた。

「これを探しに行きたいんだ」

「なんだ、それは？　調味料か？　それとも香水か？」

「インクなんだ」

ちょうどそこへ、「コーヒーのおかわりはどうだ」とサルがやってきた。

「もらおうか」と叔父さんがカップを差し出すと、クラシックな銀色のポットからコーヒーを注ぎながら、

「いいインクを持ってるじゃないか、天才小僧」

サルがそう云った。

「このインクを知ってるの？」

僕は声が大きくなる。

「〈六番目のブルー〉だろ？」

サルは平然とそう答えた。

11……読まれることのなかった物語

「いいかい？」

　とサルが云った。

「そいつはおそらく、この世でいちばん美しいインクだ――いや、待った。親父によくしかられたものだ。『美しい』という言葉をむやみに使うなと。なぜだか分かるか、小僧」

「いえ」と僕は首を振る。

「その言葉があまりにも便利だからだ。親父は便利なものを嫌っていた。それは、はたして『美しい』の一言で片づくものなのかとね。もっと奥深くて、もっと華やかで、もっと悲しくて、もっと麗《うるわ》しく、もっと涙が出てきそうな、そういうものじゃないのかって。それをたった一言、『美しい』で片づけていいのかと――親父はよくそう云ってた」

「お父さんは詩人だったのですか」

「まさか」

サルは大げさに肩をすくめた。

「このダイナーは親父がつくった店だよ。私は丸々、引き継いだだけでね。つまり、親父は生涯、町はずれの料理人だった。ただね」

サルは大きく息を吸って大きく吐いた。

「詩じゃなくて、長い長い物語を書いてた。趣味でね。ウルフっていうペンネームを使ってた。どんな物語を書いていたのか、私は知らない。親父は死ぬ前に原稿をすべて燃やしてしまったからね」

「そいつはまた残念な話だな」

叔父さんは紙ナプキンで口もとをぬぐっていた。

「ひと儲けできたかもしれんのに」

「ああ、たしかにそうだな。でも、親父は云ってたよ。趣味だからいいんだって。趣味だから好きなだけ書けるし、いつ、やめたっていい。その自由さが、俺に物語を書かせる――とかなんとか」

「で？」叔父さんが眉を吊り上げた。「その死んじまった親父が、このインクと、どう関係あるんだ」

「親父が云うには物語がインクを選ぶ、とかなんとか。いや、待った。インクが物語を選ぶだったかな。まぁ、そんなことはどっちでもいい。とにかく、親父はいい万年筆といいインクが、いい物語を生み出す──そう云ってた。で、たまの休暇に世界中を旅して、最上の万年筆と最上のインクを探しまわってた」

「それで、エクストラに行ったんですか」

僕がそう訊くと、サルは首をかしげて、

「いや、エクストラに行ったかどうかは聞いてない。ただ、親父はこの世でいちばん理想的な万年筆のインクを、あんたらの街の文房具屋で見つけたんだ」

「え？」

（え？）

僕の声と胸の中のココノツの声がひとつになった。

「それって、もしかして、〈オスカー商會〉のことですか」

「ああ、そうだ。世界中を旅したけど、結局、いちばんいいインクはすぐそこにあった」

（本当に？）

胸の真ん中でココノツの声がひときわ大きく響いた。

僕も同じ気持ちだった。なんとも云い難い、むずむずするような嬉しい気持ちが湧き起こってくる。ベルダさんは世界中を旅することなく、この世でいちばん素晴らしいインクを自らの直感で選びとったのだ。

（それって、アケミ伯母さんの直感もすごいってことよね？）

そのとおり。

ただ、〈オスカー商會〉は、さまざまなインクを揃えている。だから、このインクをアクビさんが仕入れつづけたのは、ベルダさんが恒常的に発注していたからだし、それ以前に、サルの父親が愛用していたからに違いない。

「あの――その――」

おそるおそる訊いてみた。

「お父さんの書いた小説は本当にすべて燃やされてしまったんでしょうか。何か少しでも、このインクで書かれた物語はのこっていないんですか」

「ふうむ」

サルは窓の外を見た。正確に云うと、窓の外のずっと遠いところにある時間や場所のことを考えているようだった。

「もしかすると、ミランダが持っているかもしれないな。ときどき、親父は書いたものをミランダに送っていたから」

「誰なんだい、そのミランダってのは」——叔父さんがすかさず尋ねた。「女だろう？」

「父の妹だよ。私の叔母だ」

「で、生きているのかい、そのミランダ叔母さんは」

「いまはブリホーデンの図書館で働いている」

「ああ、それならちょうどいい」

叔父さんが目を細めた。

「少しばかり遠まわりになるけど、ひさしぶりにブリホーデンに寄って、うまいホットドッグを食おう。あれはいい。一度でいいから、こいつに」——と云って僕を横目で眺め

——「こいつに食わしてやりたいと思ってたんだ。しかし、それにしてもだ」

叔父さんは僕の手からインクの空き壜を奪いとった。

「このインクがねぇ、そんなにいいものなのかい」

「ていうか」

サルが叔父さんの手から壜を奪いとり、

「こいつを探しに行くっていうのは、どういうことなんだ。〈オスカー商會〉で買ったらいいだろう?」

「廃業してしまったんです。このインクをつくっていた会社が」

サルの手からインクの壜を奪い返してそう云うと、

「そうか、その会社がエクストラにあるわけか」

叔父さんは、ようやくすべてを飲み込んだというふうに大きく頷いた。

「なるほどな。そのベルダさんとかいう人の思いを、お前が引き継ぎたいわけだ」

僕は胸の内にうごめく複雑な思いに戸惑った。

もちろん、ベルダさんがこのインクを愛用していたから、僕もまた、このインクを使いたいと思っている。それはそうなのだけれど、たぶん、それだけではない。僕自身もこの美しい――じゃなくて、奥深くて、広がりがあって、昔のことを思い出すような、いい匂いがしてくるような――そんな青色に魅《ひ》かれていた。

そのうえ、サルの父親が物語を書くのにいちばんふさわしいインクとして選んだのだから、その思いだって引き継げるものなら引き継ぎたい。

＊

「なぁ」

車に戻るなり、叔父さんがダッシュボードの埃《ほこり》をタオルで拭きとりながら云った。

「お前の目的はよく分かったよ。だけど、さっきこう云わなかったか？　そのインクをつくっていた会社は廃業したって」

「そう。どうやらそうみたい」

「どういうことなんだ」

叔父さんは車を発進させ、大きなくしゃみをたてつづけに二つした。

「廃業しちまったなら、エクストラへ行ってもしょうがないじゃないか」

「でも、僕には他に行くところもないし――」

それに、仮に会社も工場もインクもなくなってしまったとしても、そこで働いていた人たちやインクを考案した人は、まだエクストラにいるかもしれない。

可能であれば、発明した人に会いたかった。このインクは他のインクとまるで違っている。あまりに違うので、それはもう発明に近い。そんな発明を成し遂《と》げた人がどこかにいるはずで、希望的な推測だけれど、いまもエクストラにいるような気がした。

「まぁ、いいさ」

叔父さんの声は妙に明るかった。

「旅っていうのは寄り道が肝心だからな。はっきり云って、寄り道をするために旅があるようなもんだ。俺はそう思う。寄り道のない旅なんて何の意味もない。決められたコースをたどるだけでは、話の種にも出会えないよ」

叔父さんの話を聞きながら、僕はサルの父親――ウルフという名の誰にも知られずに一生を終えた作家のことを考えていた。

「お前がいま何を考えているのか当ててやろう」

叔父さんはなぜか声を落として云った。

「サルの親父のことだろう？　俺もいま考えてた。うまく云えないが、親父さんの人生は、寄り道の楽しみに満ちあふれていたんじゃないかな」

叔父さんの声が少しずつ大きくなった。

「つまり、ダイナーの店主をつづけるのは、決められたコースをたどることに等しい。だけど、誰にも読まれることのなかった物語を書きつづけたのは、人生の寄り道みたいなもんだったんじゃないか」

叔父さんは鼻をひくひくさせた。

「それで云うと、俺には決められたコースなんてものはハナからなかった。ずっと寄り道みたいな人生だからな。そこで、お前だよ、オリオ。お前の人生はどっちなんだ？　俺が旅をしながらギターを弾いて楽しんでいるように、お前は博物館の展示品を整えることに喜びを見出してるのか？　どっちだ？　それは決められたコースなのか。それとも、ちょっとした寄り道なのか」

さて、どっちなんだろう。

叔父さんの人生が寄り道ばかりというのはよく分かるけれど、僕はまだ寄り道の楽しみを知らないのだと思う。

僕は父と母がこの世からいなくなってしまったせいもあって、なるべく普通の人生を歩みたいと願ってきた。特別扱いされるのが嫌だった。どうしたら普通の人生を歩めるか、そっちの方ばかり考えてきた。


アブドラ・ハブドラ・サブドラサ。


目を閉じると、ダイナーの窓ぎわの席で、長い長い物語を書いているサルの父親――ウルフの姿が浮かび上がった。

背を丸め、テーブルの上にひらいたノートに万年筆を走らせている。きっと、その万年筆も選び抜かれたものに違いない。もちろん、ノートのかたわらには〈六番目のブルー〉

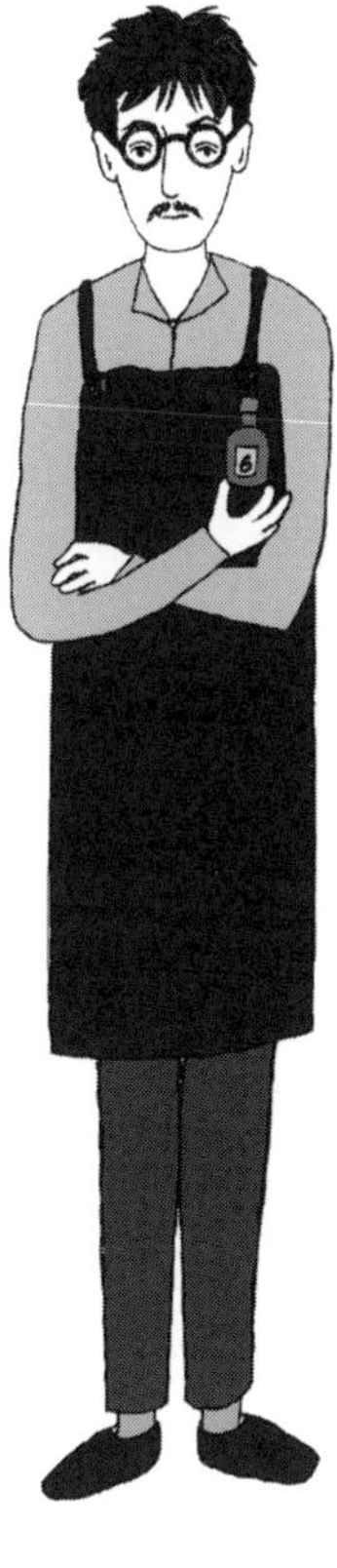

Wolf

のつやつやした壜がダイナーのオレンジ色の照明を浴びて光っている。小さな青い星がテーブルの上で休んでいるみたいに。

「物語がインクを選ぶのですか、それとも、インクが物語を選ぶのですか」

丸めた背中に声をかけてみた。

すると、サルによく似たウルフはこちらを振り向き、

「さぁて」

と首を振った。

「私はずっとそれを考えてきた。私はいつも、まず物語の始まりを考える。それから登場人物があらわれ、彼らの声が少しずつ聞こえてくる。声が聞こえたら、しめたものだ。あとは、その声をノートにうつしとっていけばいい。そこで――」

ウルフの瞳は青いインクの色だった。瞳の奥で青い炎が燃えているように見える。

「そこで、筆記具とインクをどうするかという問題に突き当たる。筆記具もいろいろ試したが、やはり万年筆がいちばんいい。万年筆のインクは、ときに紙ににじむだろう？　あれがいい。文字がにじむと物語にもにじみが生まれる。そこには温度がある。私はなによ

り温度が欲しいのだ。逆に云えば、温度のないものなど書きたくない。紙の中で物語が胎《たい》動《どう》して、その温度がインクをにじませる」

「するとやはり――」と云いかけて、僕の頭の中はこんがらがってしまった。するとやはり、インクが物語を生むのだろうか。

それともやはり――。

「私は物語の始まりだけを書く。ほんの数行だけね。あとはインクにまかせる。これは君にだけ明かす秘密だが、ようするに私が書いているのではない。インクが書いているのだ」

「本当に？」と僕は驚く。

「本当だ」とウルフはかすかに笑みを浮かべた。「私はどこにでもある食堂の店主だ。そんな男が書いた物語など、たかがしれている。私だって、そんなものは読みたくない。おかしな云い方かもしれんが、私は私が読みたいものを書きたい。そして、私が読みたいのは、私が書いた物語じゃない。私ではなく、この世でいちばん美しい――おっと、いけない――奥深くて、華やかで、悲しくて、麗しくて、涙が出てきそうな、そういうインクが書いた物語を読みたいのだ」

「インクが物語を書くのですか」

「いや、すべてのインクが物語るわけじゃない。ごく限られたインクだけだよ」

「それがつまり――」

「そのとおり。〈六番目のブルー〉だ」

12……林檎の中のウルフ

ブリホーデンの図書館がなかなか見つからなかったのは、それがあまりに大きかったからだった。ふつう、人は小さなものを見つけるときに苦労するものだけれど、探しているものが、もし、この世界全体だったらどうだろう。

僕がそうした考えを叔父さんに披露すると、

「なるほどな」

叔父さんは大きく頷き、

「なにを云ってるのか、さっぱり分からんが、ようは目の前にあるけど大きすぎて全体が見えないってことだろ？　てことは、われわれはもう図書館に到着しているわけか」

サルに書いてもらった地図にしたがって図書館を目指してきたが、小ぢんまりとした建物が並ぶばかりで、どこにも図書館らしきものが見当たらなかった。

「つまり、この小さな建物がすべて図書館なんじゃないか」

それが答えだった。一見、住宅街にも見えるが、それらが、じつはすべて書庫であり、云ってみれば、小さな街の全体が図書館になっていた。だから、サルの地図が「ここ」と示しているのは、いくつも並んでいる書庫のひとつということになり、それは、「夕方の空の色をした建物だ」とサルは云っていた。

「たしかにな」

叔父さんが車を停めて壁の色をしみじみとした様子で眺めていた。

「こいつは、たしかに夕方の空の色だ」

どう説明していいか分からないけれど、建物の中もまた夕方のようで、外から中まで、ずっと夕方がつづいている感じがした。壁には、小声で話されているかのような小さな字で、「ここではお静かに」と貼り紙がしてあり、にもかかわらず、叔父さんは、

「すみません、誰かいますか」

と、ずいぶん大きな声を出した。

そこはおそらく書庫の受付に違いなく、簡素な木製のカウンターがひとつあるだけだっ

た。右手に奥へとつづく暗い廊下があり、それより先へ進むためには、その廊下を行くしかない。叔父さんと僕はしばし声をひそめて待っていたが、何の応答もないので、少々ためらいながらも、その暗くて狭い廊下を進んでみた。

「なんだ、ここは」

叔父さんがひそひそ声になった。

「俺はよくこういう夢を見るんだよ。暗い廊下を歩いて行くと、妙に居心地がいい部屋があって、そこへ悪魔みたいな男があらわれる。悪魔は俺に歌を教えてくれるんだけど、それがまた、すごくいい歌でね。だけど、いつも夢から覚めると、どんな歌だったか、すっかり忘れてる」

そして、叔父さんの話どおりのことが起きた。

廊下の突き当たりには扉のない部屋があり、そのまま進んで行くと、自然と部屋の中に取り込まれた。夢の中の部屋は、「妙に居心地がいい」と叔父さんは云っていたが、それはきっと、床一面にものすごく緻密な模様が描かれた上質な絨毯《じゅうたん》が敷かれていたからだろう。その部屋が、まさにそうだった。それはもう博物館に保管されるべき芸術品のようで、そんな絨毯の上を土足で歩いていいものかと、しばらく身が縮こまった。

部屋の四方の壁のほとんどは書棚でおおわれ、古びた本がびっしり並べられている。ところどころに小窓があって、そこから午後のやわらかい光が射し込んでいた。

博物館にも似たような部屋がいくつかある。特に用事もないのに、僕はそうした部屋で時間を過ごすのを好んでいた。でも、さすがにこんな絨毯は見たことがない。絨毯の全体が物語の描かれた絵巻のようで、色とりどりの衣服をまとった人物や空想上のおかしな動物らしきものや、見たこともない巨大な樹木などが足もとに描かれていた。


「誰だい、お前たちは」


その声はオペラ歌手のように朗々とし、女性の声だったが、男の声のようにも響いた。腹に響く力強さがあり、背後から聞こえたようなので振り向くと、足もとの絨毯の中から抜け出してきたような奇妙な風体《ふうてい》の女性が立っていた。

声と同じで男性のようにも見える。叔父さんの話と照らし合わせるなら、その人はつまり、どことなく悪魔のようだった。と云って、僕は悪魔に会ったことなどないのだけれど。

「誰だか知らんが、お前たちが無礼者であることだけはたしかであろう」

その人は僕と叔父さんを交互に見ながら云った。

「どうせ、ノア川のことが知りたいんだろう？　最近は、にわか研究者ばかりが増えて辟《へき》易《えき》しているわ」

「いえ」と叔父さんが弱々しく声をあげた。「俺たちはサルから聞いて、ここへ来たんです。サルの叔母さん——ミランダさんという人に会うためにです」

「ミランダなら私のことだ。サルだって？　あんなガキはどうだっていい。サルの知り合いが、あたしにどんな用件があるっていうんだい」

突然あらわれたので、ただただ面食らってしまったのだけれど、少し冷静になって、その人——ミランダさんのことを観察してみると、いちいちが奇妙だった。

まずもって、頭の上に真っ赤な林檎をのせていた。いまにも転げ落ちてしまいそうだが、不思議と頭の上に居座りつづけている。印象としては、悪魔というより絵本の中に出てきた魔女のようで、背が高く痩せていて、いちばんの特徴は顔からはみ出してしまうくらい大きな眼鏡をかけていることだった。その眼鏡というのも、レンズの部分が左右ともにひび割れていて――いや、そうじゃない。いつだったか、ベルダさんがカメレオンの標本をつくるときに教えてくれた。

「この目を見てごらん。これは、ひび割れているわけではない。私には、いくつもの小さな目が集まっているように見える。無数の目だ。この無数の目で、この小さな生きものは世界を見ている。だから、体の色を自在に変えられる。いいかい、世界を見るためにはね、ひとつや、ふたつの目じゃ駄目なんだ。無数の目で見る必要がある」

（なるほど）と僕は理解した。

ミランダさんは、カメレオンの目を模《も》した「カメレオンの眼鏡」で世界を見ている。だから、何もかもお見通しで、彼女は僕のことを「自信のない天才少年」と呼び、叔父さんのことは、「いんちきイタチ野郎」と呼んだ。きっと、彼女のカメレオン眼鏡には僕らがそう見えているのだ。

「いんちきイタチ野郎？」

叔父さんは怒っているのではなく、あきらかに笑っていた。

Miranda

「そのあだ名、気に入ったよ」

「あだ名ではない」ミランダさんがすかさず云った。「それが、お前の本当のところだ。しかしあれか、お前は歌を歌うのか」

「ええ、まぁ少しだけ」

叔父さんは、(どうしてそんなことが分かったんだろう)という顔をしていた。

「ギターを弾く者にありがちなタコが指にできている。その、いんちきくさい風貌からして、さしずめ、ドサまわりのギター弾きというところだろう。しかしながら、なかなかいい声だ。ギターを弾くのが本職だろうが、本当は歌いたい。違うかな？」

叔父さんは急に黙り込んでしまった。

「あの——」

と僕は自分が見透かされてしまう前に話を戻した。

「ここへ来たのは、サルのお父さんが——ウルフさんが書いた物語を、あなたが保管しているかもしれない、とサルから聞いたからです」

「ほう」

ミランダさんは顎を引いて僕の顔を眼鏡の奥からじっと見ていた。

「お前たち、ウルフの小説を読みたいのかい」

「ええ。読んでみたいというか、その手書きの原稿を拝見したいんです。より正確に云えば、原稿を書いたインクの色がどんなものか確かめたいんです」

「インクの色だって？」

ミランダさんは首をかしげた。

「お前はなかなか面白いことを云うね。いいかい？　ウルフの原稿はノートに書かれている。ノートをひらいて、そこに記された文字がどんな色なのか見たいのであれば、自《おの》ずとお前の目は物語を読むことになるであろう。物語を読むことなく、インクの色だけを見るなんて馬鹿げた話だよ」

「ええ」と僕はとりあえずそう答えた。本当はミランダさんの云っている意味が半分ぐらいしか分かっていなかったのだけれど。

「インクの色だけを見ても駄目だ。もし、ウルフが生きていたら、きっとそう云う」

ミランダさんは頭の上の林檎を落とさないように、ゆっくり小窓に近づいた。

「言葉と文字と物語はひとつのもの。お前の言葉を借りるなら、インクもね。ノートもそう。そういったものが、すべてひとつになっている。読むというのは、そのインクの色とインクによって記された文字と、その文字の形の奥にある意味や物語や声や人々の思い、そういったものをいっぺんに感じとること。それが読むということだ。分かるかい。全部つながってるんだよ――と、ウルフならそう云うだろう」

最初はおかしな人かと思ったけれど、話を聞くうち、なんだかミランダさんが「聖なる人」のように見えてきた。というのも、本棚ばかりの部屋の中に一点だけ絵が飾ってあり、それはまさに中世の時代の神様に等しい人物を描いたものに違いなかった。その絵の中の人物とミランダさんが重なって見える。

彼女は頭の上にのせていた林檎を手に取り、

「この中に、いまも兄さんはいます」

急にやさしげな声になった。その声は、さっきまでの朗々としたものではなく、等身大の――充分に年老いた女性の声だった。

「林檎の中だけじゃなく、兄さんはいろいろなところに偏在している。ノートを持ってきましょう」

そう云って、ミランダさんは部屋を出て行き、そのまま暗い廊下の闇に溶け込んだ。

「なんというか――」

叔父さんが声をひそめた。

「頭のいい人なのか、そうじゃないのか、さっぱり分からん」

その言葉に僕はいちおう頷いたけれど、たぶん、頭がいいとかどうとかいうことを超越した人なのだと思う。

「あの眼鏡を見たか。右も左もレンズがひび割れていた」

叔父さん、あれはきっと「カメレオン眼鏡」といって――と僕が説明しようとしたところへ、出て行ったときと同じように、すっと音もなくミランダさんは戻ってきた。一冊のノートを抱えている。ずいぶんと分厚いノートで、僕にはそれが、あたかも聖典のように見えた。

「のこされたのは、これとあと何冊かのノートだけ」

ミランダさんはおだやかな声になった。

「兄は一貫してひとつの長い長い物語を書いていたから、ここにのこされたのは、そのごく一部ということ」

部屋の真ん中に閲覧用の机があり、ミランダさんはノートをその上に置くと、

「そういえば」

と叔父さんの顔を見た。

「兄は、この物語を昔の古い歌からヒントを得て書きました。昔というのは、まだ書物がなかったときのこと。本がなくて、言葉もまだ不充分で、けれども、歌を歌うことで物語のようなものを人から人へ伝えました。そういう時代があったのです」

「ああ、古い歌なら俺もいくつか知ってます。なんていう歌ですか？　もしかしたら、歌えるかもしれない」

叔父さんの言葉にミランダさんはまるで動じることなく、

「いえ、あなたはきっと知らないでしょう、いんちきイタチ野郎さん」

そう云って、かすかに笑みを浮かべたように見えた。

「なぜなら、その歌は歌詞だけがのこって旋律は失われてしまったからです。誰もメロデ

ィーを覚えていません。私も兄もずいぶん探したのですが、旋律を知っている者は見つかりませんでした。しかし、兄はその歌にこだわり、歌の題名をそのまま物語の題名にしたのです」

そう云って、ミランダさんは手にしていた林檎を頭の上に戻した。それに、どんな意味があるのか僕には分からない。でも、ミランダさんはおそらく、そうすることで、ウルフと常に一緒にいると信じているのだろう。

「それは、どんな題名でしょうか」

僕の問いに、ミランダさんはひと息ついてから静かな声で答えた。

「それでも世界は回っている――よ」

13…………二人のミランダ

「ちょっと待ってくださ い」と僕はたしかめた。「もういちど、そのタイトルを教えてください」

「それでも世界は回っている」

ミランダさんは僕の目をまっすぐに見て繰り返した。

「それでも世界は回っている――」

それはベルダさんの口癖だった。この惑星は、いかなるときでも回ることをやめない。たとえ親しい人が命を落とすような悲しいことがあっても、それでも世界は回りつづける。それが悲しみを忘れる唯一の方法であるかのように――ベルダさんはそう云っていた。

「もとをたどれば、すぐそこを流れるノア川の近くに伝わる歌だったの」

ミランダさんは僕から目を逸らし、部屋の中空をぼんやりと見つめていた。

「この場合の川が何を意味するか分かるかしら、天才坊や」

「川ですか」

「川は低いところを流れるの。分かる？　この世のいちばん低いところよ」

そう云いながらミランダさんは眼鏡を――その「カメレオン眼鏡」を――おもむろにはずしてみせた。と、そこにあらわれたのは驚くばかりに大きな瞳で、しかも、その瞳の色はまさに〈六番目のブルー〉を思わせる深くてどこか悲しみをたたえたような青さだった。

思わず、壁に飾ってある絵をもういちど見る。叔父さんも気づいたらしい。絵とミランダさんを見くらべていた。

「『聖女ミランダ』」

「え？」

「それがその絵のタイトル。十六世紀に描かれたものよ」

「どういうことでしょうか」

「どうもこうもないわ。そういうことなの。十六世紀にもミランダという――まぁ、聖女の意味するところは不明ですけれど――私と同じ名前の女性がいて、誰かがこのように彼女の肖像画を描きました。彼女が何をしていたのか、どんな人物であったのか、それはまったく分かりません。私はこの絵を、たまたまブルースの古道具屋で見つけました。その店の主人と懇意《こんい》にしていて、彼が云ったのです。『あなたにそっくりな女性を描いた古い肖像画がある』と。『しかも、名前まで一緒なのだ』と。そんなことあるのかしら、と私は訝《いぶか》しみました。でも、本当にそうだった。とても高価な絵でしたが、どういうものか、私以外の誰かの所有物になるのが許せなくて、二百八十回の分割払いにしてもらいました。だから、そのために私は働いています。それは、ちっとも悪いことじゃない。何かのために働いていたら、思いのほか長つづきするものですし」

ミランダさんは少しずつ話し方がマイルドになっていった。それにともなって、顔つきもおだやかになり、よりいっそう絵の中のミランダさんに近づいている。

「いえ、私のことはどうでもいいのです。あなたたちが見たいのはウルフの書いた物語でしょう?」

「ええ、そうです」

本当は物語ではなく、物語を書くために使われたインクの色を見たかったのだけれど、もう、そんなことはとても云えなかった。というか、僕もまたインクの色だけではなく、物語そのものに魅かれつつあった。なにしろ、ベルダさんの口癖がそのままタイトルになっているのだから。

ベルダさんもウルフも、もうこの世にいない。その二人が同じインクを使っていた。他には——たぶん——何の結びつきもないはず。同じインクを使っていた二人が、「それでも世界は回っている」と同じフレーズを口ずさんでいた。

それはちょうど、絵の中の「聖女ミランダ」が、いま目の前にいるミランダさんに重なるのと同じだった。つまりは、「それでも世界は回っている」のだろう。

それにしてもおかしいのは、あんなにおしゃべりな叔父さんがすっかりおとなしくなってしまったことだ。叔父さんは暗示にかかりやすいので、絵の中ではなく、目の前のミランダさんを「聖なる人」と捉えているのかもしれない。

いや、きっとそうだ。

閲覧用デスクの上に置いたノート——その表紙には見紛《みまが》うことなく「それでも世界は回っている」と記されていた——をミランダさんがひらいたとき、叔父さんは僕よりも大きな音で、ごくりと喉を鳴らし、それればかりか、「ほう」と小さく声を上げて鼻息を荒くした。

「これはまた、なんと素晴らしい」

まったく叔父さんらしくない思慮深そうな声をもらした。

そもそも、インクに興味などなかったはずの叔父さんが、そんな様子になってしまうのだから、僕の興奮はもはや尋常ではない。

それは間違いなく〈六番目のブルー〉で書かれたものだった。

わずかに黄色みを帯びた用紙に、ところどころかすれたりにじんだりしながら万年筆で記されたであろうウルフの直筆文字が整然と並んでいた。その几帳面《きちょうめん》な性格が反映された文字の並びもまた、ベルダさんのそれと通じ合うものがある。

僕は胸が高鳴って仕方なかった。

おかしな話である。

なぜって、僕は何年ものあいだ、このインクで書かれた文字に親しみ、僕自身も同じようにノートやレポート用紙に、このブルーブラックの文字を連ねてきた。毎日、毎日。飽きるほど目にしてきたと云ってもいい。それなのに、どうしてこんなにも心がおどるのか。

（そうね——）

不意に頭の中にココノツの声が響いた。そうだ、ココノツのことをすっかり忘れていた。

（失礼ね）

ココノツはあきらかに不満げだった。

（でも、許します。だって、街全体が図書館になっているなんて普通じゃないもの。別世界に入り込んでしまったみたいじゃない？　だから仕方がない。わたしのことを忘れちゃってもね）

（いや、忘れてはいないんだけど——ちょっとね）

（いいの。わたしも見ているし感じているから。あなたと一緒にね。そう、林檎の中のウルフと同じように。わたしはオリオの中にいつもいる。だから、ミランダさんのことも、ちゃんと理解してる。とっても興味深い人。どことなく、アケミ伯母さんに似てるし）

（じゃあ、どうしてこんなに心がざわつくのか、君には分かる？）

（分かるわ。いま、あなたは重なろうとしてるのよ）

（重なる？）

（そう。ミランダさんが、「聖女ミランダ」に重なるように、ベルダさんがウルフに重なるように。あなたはいま、とうに失われてしまった大きな何かに重なろうとしている）

（それって——）

僕は十秒間じっくり考えた。

でも分からない。

（いったい何のこと？）

僕の問いにココノツが答えるよりも早くミランダさんが「どう？」と訊いてきた。

「ええ」と答えたものの、何をどう云っていいか分からない。「この字は間違いなく〈六番目のブルー〉で書かれた——」

「そんなことはどうでもいいのよ。そうじゃなくて」

ミランダさんの声がまた少しばかり荒々しくなってきた。

「兄さんの書いた物語はどう？　面白い？　この先をもっと読んでみたい？」

「ああ」——「ええ」——「そうですね」と僕が曖昧な返事をしていると、

「ぜひ、つづきを読んでみたいです」

突然、叔父さんがきっぱりとそう云った。

「あら、そう」

ミランダさんは意外そうな顔で叔父さんに視線を移し、叔父さんは叔父さんで異様に目を輝かせていた。いや、目に限らず、体の全体がほんのりと発光しているかのようだ。

何だろう。叔父さんも誰かの何か――それは、はたして誰の何なのか――に重なりつつあるのだろうか。

「ええと、その――」

叔父さんは乾いた唇を舌の先でちろりと舐めた。

「その――さっき、おっしゃっていた歌の歌詞がどんなものなのかと思いまして」

「ふうん」

ミランダさんは眉を上げて肩をすくめた。

「それはまぁ、教えてあげてもいいけれど、ひとつ、約束をしてくれない？」

「約束ですか」

まさか、叔父さんが約束なんてするはずがない。叔父さんには苦手なものが十本の指では数えきれないくらいあるけれど、とりわけ、約束をするのが大の苦手だった。約束を守ったためしもなく、守るどころか、どんな約束をしたのか、まったく覚えていなかったりする。そんな叔父さんが、

「お約束します」

神妙な顔でミランダさんに答えた。

「どんな約束でしょう」

「歌詞を教えてあげるから、メロディーを見つけてきてほしいの。わたしの代わりにね。あなたはギターを弾くし、歌も――少しだけ？――歌うのでしょう」

「ええ、少しだけですが」

「そして、旅をしている」

「そう、ずっと旅をしてきました。これからもずっとです。旅をしながらギターを弾いて歌います」

「素晴らしい」

ミランダさんは小さく拍手をし、それから「聖女ミランダ」の絵の前に歩み寄ると、まるで記念写真でも撮るかのように絵の中の彼女と並び立った。

そして、そのあとに起きたことは、あるいは僕の幻覚であったかもしれないが、それは突然、こんなふうに始まった。

「むかしむかし」

ミランダさんがそれまでの声色を変え、ずいぶんと低い声で、まずはそう云った。歌を歌うように。もしくは、長い長い物語を語り始めるように。

すると、その声につづいて絵の中の聖女ミランダが、

「それはもう、誰も思い出せないくらいむかしのこと」

そう口ずさんだ。

気のせいではない。絵の中の唇が動き、そればかりか、わずかに絵の中からこちらへ浮き出るようにして、やはり低い声でそう云った。いや、そんなはずはない、と誰もがそう思うだろうけれど、僕としては、叔父さんが「お約束します」と答えた時点で、（いや、そんなはずはない）は始まっていた。

だから、さほど驚かなかった。叔父さんも驚いていない。

叔父さんはたぶん、自分はいつもの夢をまた見ていて、何度も見た「悪魔に歌を教わる」場面がまた繰り返されたと思っているのだろう。僕もそう思った。これは叔父さんの夢の中で起きていることで、いつのまにか、その夢の中に取り込まれてしまったのだと。


「むかしむかし――」

絵の外のミランダさんが繰り返した。

「それはもう、誰も思い出せないくらいむかしのこと――」

絵の中のミランダさんが繰り返す。


「ひとりの男が青い石を見つけた」

「深い深い森の奥で――」

「森の奥のそのまた奥で――」

「いちばん美しい青い空が――」

Miranda

「割れて砕けて空から落ちてきたみたいな――」

「この世のものとは思えない小さな青い石――」

二人のミランダさんは代わる代わる言葉をつないでいた。それがつまりは歌詞なのだろう。二人は、ところどころ、ひとつの言葉を同時に口ずさみ、ところどころ大きな声で、ところどころ聞きとれないくらい小さな声に落として抑揚をつけた。


「男の手の中で石は青い光を放ち――」

「光に引き込まれて、男は石の中へ消えた――」

「青い石の中の青い男――」

「消えてなくなった――」

「それでも世界は回っている――」


そこで二人のミランダさんは口をつぐみ、急におそろしいくらいの沈黙が閲覧室を支配した。

「ええと」

叔父さんが沈黙に耐えかねたようにかすれた声で訊く。

「それで終わりでしょうか」

「まさか」と絵の中のミランダさんが微笑み、

「まだ一番よ」と絵の外のミランダさんが答えた。

「二十一番まであるの。覚えられる？」

二人が同時にそう云った。

14……………ホットドッグ屋で

それはとても長い歌だった。

いや、歌そのものを聴いたわけではない。歌詞だけを二十一番まで延々と聞かされたのだけれど、二人のミランダさんが抑揚をつけて歌詞を口ずさむと、閲覧室の中に聞こえないはずの歌が響きわたるような気がした。

それはもう永遠につづくのではないかとさえ思えたが、突然、糸が切れるようにぷつりと途絶えて静寂が戻ってきた。

終わったらしい。

「さぁ、これでおしまいだ」

どちらかのミランダさんがそう云った。

「もう、これっきりだ」

どちらかのミランダさんが畳みかけるように声を荒らげる。

「分かったら、とっとと出てお行き。これで、すべてが終わったんだ。夜の空をゆく郵便飛行機が地球の裏側まで飛んで行ったようにね」

「わたしたちが、お前たちに話すのは、これでおしまいだ」

「お前たちも、わたしたちに訊きたいことはもうないだろう?」

「いいかい、次に会うときはあんたが——そう、あんただよ、いんちきイタチ野郎さん。あんたが、その不名誉なあだ名を返上するために、この歌の旋律を見つけ出してきたときだ。いいね?」

「分かりました」

叔父さんは見たこともないような真面目くさった顔で頷いた。でも、僕が見るところ、叔父さんは何も分かっていないんじゃないかと思う。叔父さんはこうしたことすべてが自分の見ている夢で、どうせ、そのうち目が覚めて、いつもの日常に戻されると覚悟しているのではないか。

「もし、メロディーを見つけ出してきたら、とっておきのご褒美をあんたに進呈しよう」

いつのまにか絵の中の方のミランダさんはキャンバスの上で静止していて、絵の外のミランダさんが、わずかに笑みをたたえてそう云った。

「かしこまりました」

叔父さんは王様に仕える召使いのように丁重に頭を下げた。

＊

車に戻るあいだも、車に乗り込んでバックミラーを調整しているときも、それから、車を走らせて川沿いの道を行くときでさえ、叔父さんはまったくひと言も喋らなかった。もしかして、まだ夢のつづきを見ていると思い込んでいるのかもしれない。

「ねぇ、叔父さん」

僕もまた沈黙を保っていたのだけれど、ついに我慢できなくなった。

「ああ？」

叔父さんはなかば上の空といった感じで短くそう答え、

「いや、お前が俺に訊きたいことは分かってる」

早口でそうつけ加えた。

「これは夢じゃない。分かってるよ。お前は俺が夢の中でぼんやりしているんじゃないかと思っているだろうが、そうじゃないってことは理解してる。問題はだな――」

「問題？」

「ああ。必死に思い出そうとしているんだが、さっきの歌詞がひとつも頭に入ってない。思い出そうとしても、何ひとつ浮かんでこないんだ」

そういうことらしい。

叔父さんが黙りこくっていたのは、二十一番までつづいた、あのとてつもなく長い歌詞を思い出そうとしていたからだった。

「歌詞だったら、少しだけ――最初の方なら覚えてるけど」

僕がそう云うと、

「本当か？　よし、それで安心した。安心したら、急に腹がすいてきたぞ」

急速にいつもの叔父さんに戻りつつあった。

「とびきりうまいホットドッグを食おうじゃないか」

＊

「しかし、まさか本当に二十一番まであるとはな」

叔父さんは店の名が印刷されたザラ紙に包まれたホットドッグにかじりつき、

「やっぱり、ここのはうまいな」

店中に響く大きな声でそう云った。

といっても、車で通りかかっても見落としてしまうくらい小さな店で、叔父さんは何度か来たことがあるので見落とすことはなかったけれど、看板もろくに出ていないし、何の目印もなかった。でも、店の中は清潔で居心地がよく、大きな窓があり、窓の向こうにはゆったりと流れる夕方の川——ミランダさんの話によれば、それがおそらくはノア川なのだろう——が絵の中の風景のように望めた。

「海はいいな」

叔父さんは口の端を紙ナプキンでぬぐいながら嬉しそうにそう云った。

「いや、海じゃないよ」

僕も口をぬぐいながらそう応える。

「じゃあ、あれは何なんだ」

叔父さんはストローでジンジャー・コーラを飲みながら不服そうな声を出した。

「川じゃないかな」

僕はなるべく叔父さんの気分を損なわないよう控え目に云った。

「叔父さんは、この店に何度も来ているんでしょう？　いままで、あの川を海だと思っていたの」

「いや、そんなことよりだな」

叔父さんは上着の内ポケットから、〈スペリングミス訂正協会〉という名前の入った宣伝用のボールペンを取り出し、

「忘れないうちに、お前の覚えている歌詞を云ってくれ」

あたらしい紙ナプキンをひろげた。

（忘れられた歌の歌詞）

と、まずはそう書いて、こちらを見ている。

僕は食べかけのホットドッグを皿の上に置き、「ええと」と目を閉じるなり、記憶を探って歌詞の最初のところを諳《そら》んじようとした。

「ええと」

どうしたんだろう。出てこない。どうして出てこないのか自分でも分からなかった。ついさっきまで、たしかに覚えているという自信があったのに、完全に頭の中が真っ白になって、魔法にかかったように何ひとつ出てこない。

（どうしたの）

代わりに、ココノツの声が聞こえた。

（忘れちゃった？　最初は「むかしむかし」でしょう）

そうだ。最初はそれだ。でも、そのあとが出てこない。

するとココノツが、（わたしも最初の方しか覚えていないけれど）とことわった上で、

（忘れないうちに云うね）と諳んじてくれた。あわてて僕は耳にしたココノツの声を、そ

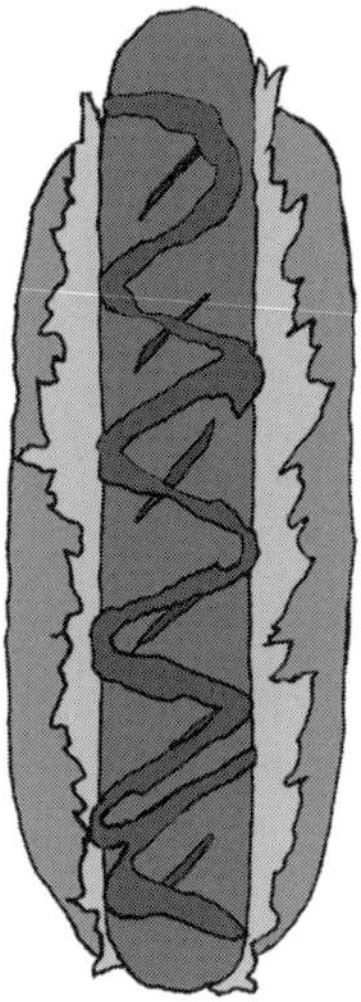

Hot Dog

のまま自分の言葉として叔父さんに伝える——。

むかしむかし。
それはもう、誰も思い出せないくらいむかしのこと、
ひとりの男が青い石を見つけた。
深い深い森の奥で、
森の奥のそのまた奥で。
いちばん美しい青い空が、
割れて砕けて空から落ちてきたみたいな、
この世のものとは思えない小さな青い石。
男の手の中で石は青い光を放ち、
光に引き込まれて、男は石の中へ消えた。
青い石の中の青い男。
消えてなくなった——。

それでも世界は回っている。

叔父さんは「そうだそうだ」「たしかに、そんなことを云っていたな」とつぶやきながら、僕が口にした歌詞を、じつにひどい字で——叔父さん以外、誰にも読めない謎の記号のような字で——するすると紙ナプキンに書きつらねた。

「これだけか」

叔父さんは顔を上げて僕の目を見ている。

（それだけ）とココノツの声が頭の中に聞こえ、

「それだけ」と、そのまま僕もそう答えた。

叔父さんは書きとめたものをじっと眺め、それから、いかにも（いいことを思いついた）というふうにいきおいよく立ち上がると、店の中を横ぎり、足早に外へ出て、すぐにまた戻ってきた。右手で愛用のギターを握りしめている。車から持ち出してきたのだろう。なにやら軽やかにハミングしながら、カウンター席の中で皿を洗っていた店の主人に目くばせをした。主人は愛想笑いを返したものの、どこか怪訝《けげん》そうだ。

叔父さんは席に戻るなり、ギターを「ザクザク」と弾き、いまいちど紙ナプキンに書いた歌詞を眺めて、

「フフフ」「ムムム」

と口をつぐんだままメロディーらしきものを口ずさんだ。

え、まさか――と僕がそう云いそうになったのと、ココノツが（もしかして）と頭の中でつぶやいたのが重なった。

「むかし、むかし――」

叔父さんは歌い始めた。

え、まさか歌うのか、という予感はよぎっていたのだけれど、思いのほか大きな声であるだけでなく、僕の認識をはるかに上まわるひどい音痴だった。

うすうす気づいてはいたのだ。というのも、叔父さんは歌うのが好きで、機嫌がいいときは、たいてい「ふふふ」「むむむ」「ららら」とハミングする。もっと機嫌がいいときは、

小さな声で皆がよく知っているスタンダード・ナンバーを口ずさんだ。それはそれは小さな声なのだけれど、それでも叔父さんの音程がおそろしくはずれているのが、音楽にさして詳しくない僕でもはっきり分かった。

「それはもう、誰も思い出せないくらいむかしのこと、
ひとりの男が青い石を見つけた——」

僕が座っている席からカウンターの中にいる店主が見えたが、店主は叔父さんの歌声に両方の眉を上げて反応し、それから眉をひそめて首をかしげていた。

「深い深い森の奥で、
森の奥のそのまた奥で——」

店主が何か云いたげにこちらを見ていた。

つまりは、僕の顔を見ている。声には出さなかったけれど、

(すみません、お騒がせして)

と口だけを大きく動かし、叔父さんに気づかれないよう、僕は店主に謝った。

すると、店主は首を横に振り、「いいんだ、いいんだ」とそう云ったように思えた。たまたま他に客がいなかったからなのか、それとも寛大な店主なのか、小柄で気が弱そうで、はっきり云って地味な印象の人だった。が――、

「いいから、つづけてくれ」

今度はそう云ったように聞こえた。

その声が叔父さんの耳に届いていたとは思えない。でも、叔父さんはさらに声を張り上げて気持ちよさそうに歌いつづけ、とうとう歌詞の最後まで――たぶん、たったいま思いついた即興で――歌いきってしまった。

「俺はアドリブの男なんだよ」

いつだったか、叔父さんはそう云っていた。

「ギターは自己流で、楽譜もからきし駄目だけど、耳がいいんだ。だから、一回聴けば、

たいていの曲は弾ける。アドリブでソロだって弾けるしね。アドリブっていうのは、つまり、その場でメロディーをつくっていくってことだ」

たぶん、その流儀でつくってみせたのだろう。その才能は大いに讃《たた》えられるべきかもしれないが、これまで叔父さんが歌い手の伴奏を専門につとめてきたことからも分かるとおり、歌唱力は素人以下と云わざるを得なかった。

ところが、叔父さんが歌い終わると、店主は拍手をし、

「いい声だね」

と、そう云った。

「聴いたことのない歌だけど、とにかく声がいい。ギターもよかったよ」

15……………どうなることやら

「その歌声を私だけが独り占めするのはおそれ多いことだ」

店主は申し訳なさそうにそう云った。

（おそれ多い、だって）

ココノツが僕の胸の中で笑っている。

（それはまた、ずいぶんと大げさだわ）

僕としては叔父さんの歌声をたくさんの人に聞かれなくてよかったと安堵《あんど》していた。しかし店主は、

「店の常連さんでミュージック・ホールを経営しているソシオさんという人がいる」

そう云いながら、「ソシオ、ソシオ」とつぶやいて手帳をめくり始めた。

「ああ、あった。連絡してみましょう」

「え？」「え？」

僕と叔父さんは、ほとんど同時に反応したが、僕のは驚きの「え？」であり、叔父さんのは、（おお、そうか）の「え？」だった。

「あ、ソシオさん」店主は電話に向かって背筋を伸ばしていた。「すごくいい歌い手さんを見つけたんです。いや、こないだおっしゃってたでしょう？　誰かいないかって。いたんですよ、うちのお客さんで。ええ。じつに達者な——はい？　ええ、男の方です。え？　女性の歌い手さんがいいんですか」

そこで叔父さんは、さっきのでたらめな歌を裏声で歌い、

「女性の声で歌うことだってできるぞ」

店主に小声で訴えた。

胸の中でココノツがまた笑い出す。

（なに、いまの。さらにひどい声！）

「あ、ソシオさん、大丈夫です。見た目は男の方なんですが、歌は女性の歌声そのものです。なんの問題もありません。太鼓判をおしますよ——ええ。それになんと、この方はギ

ターも弾けるんです。一石二鳥じゃありませんか。歌手とギター弾きの二人分を一人分のギャラで済ませられるんです」

（それは、こちらに聞かせてはいけないことじゃないかな）と思ったけれど、叔父さんは調子に乗って裏声で歌いつづけていたから、何も聞いていない。

「ええ。はい。それでは、いいですね。手数料の方も、いつもどおりで。はい、ありがとうございます」

（ああ、それも、こちらに聞かせてはいけないことじゃないかな）と思ったけれど、たぶん、この店ではこんなことが日常茶飯事なのだろう。

「決まりです。事情はお聞きいただいたとおりで」

店主は得意げに頷いた。

「さっそく、今晩これからどうでしょう？　八時からのステージが空いているそうだから、ひと稼ぎできます。どうせ、ここで鼻唄を歌ってるなら、そいつをステージの上で披露して、お金をいただいた方がいい」

「そりゃあそうだ。それが俺の商売なんだからな」

叔父さんは鼻の穴をひろげ、唇のまわりからじわじわと喜びがひろがっていくのが目に見えて分かった。

僕にしてみれば——そして、ココノツの意見は聞くまでもなく——あまりに無謀で、危なっかしく、（さて、どうなることやら）と、ため息しか出ない。

でも、叔父さんはこんなふうにして生きてきたのだろう。行き当たりばったりで、ものすごくタフで、のびのびと自由で、臆病なのに、こわいもの知らずで——。

ここには同じ血を引いた甥っ子として見習うべきものがあるのかもしれなかった。

「さぁ、行こう」

叔父さんはギターのネックを握りしめている。

「うまいホットドッグも食ったし、思わぬ仕事にもありつけた。神様はいつだって我々の味方だよ」

すっかり、いつもの饒舌《じょうぜつ》さを取り戻し、店主に礼を云うと、ミュージック・ホールへの道順を聞いて店を出た。

空には形のいい三日月がのぼっている。

機嫌よく車のハンドルを握るなり、叔父さんはさっきのインチキな歌を歌い始めた。おかしなことに、いかにもでたらめな歌なのに、何度も繰り返し歌ううち、しっかり歌詞が頭に叩き込まれたらしい。そのうえ、歌うたびに少しずつメロディーが変わり、ようやく叔父さんの声もこなれてきたようだ。最初のひどく音程がはずれたような歌いっぷりが次第に改善されていた。

そういえば、ベルダさんが云っていた。

「繰り返すのは悪いことじゃない」と。

「生きものっていうのは、こうしているあいだにも、刻一刻と前へ進んでいる。目に見えない進化を遂げているんです。だから、それが同じ繰り返しに見えたとしても、ちょっとずつちょっとずつ、よりよい方へ進んでいる。なぜなら、世界は回っているからです」

（そうね、そのとおり）

胸の真ん中にココノツの声が響いた。

僕は車の窓の向こうに知らない街の知らない景色を眺める。叔父さんの刻一刻と進化していくでたらめな歌を聴き、地球の回るスピードにしたがって、景色も歌も、そして僕たちも――僕も叔父さんもココノツも少しずつ着実に前へ進んでいると実感した。

「なぁ」

叔父さんが、ふいに歌うのをやめて、何かに気づいたようなそぶりを見せた。

「この――ひとりの男ってのは誰のことなんだろうな？」

「ひとりの男？」と僕は訊き返す。

「――ひとりの男が青い石を見つけた――」

叔父さんは歌の一節をゆっくり歌った。

「この男のことだ。石の中に消えたのか？」

たしかにそんなことを歌っていた。最初は叔父さんの歌があまりにひどいので内容が頭に入ってこなかったけれど、叔父さんが歌い慣れてきただけではなく、僕もようやく聴き慣れて、ひとつひとつの言葉が意味をともなって体の中まで浸透してきた。

男の手の中で石は青い光を放ち、
光に引き込まれて、男は石の中へ消えた。

BLUE STONE

どれくらい夜道を走っただろう。静まりかえった森や、まばらに建ち並ぶ家々の明かりを横目に走り、車は色とりどりのネオンがあふれる繁華街にたどり着いた。教わった店の名をネオンの中に探し、それは、その界隈《かいわい》ではかなり大きなホールと思われ、予想していたよりずっと早く見つけ出すことができた。

「幸先がいいぞ」

叔父さんは、ひゅっと口笛を鳴らした。

*

本当のことを云えば、幸先がよかったかどうかは大いに怪しく、ホールのフロア係と顔を合わせるなり、

「あんたが女性の歌声だって？」

叔父さんの胸を人差し指でつついて顔をしかめた。

「歌は一曲だけです」

叔父さんがそう云って、試しに裏声を披露すると、

「ああ、それはやめてくれ」

フロア係は肩をすくめて首を振った。

「無理に女の声を出さなくていい。いつもどおりの歌い方で結構だ」

「そうですか」

こういうときに、「我が意を得たり」と云うのだろうか。叔父さんは、「よし、いい感じだ」と、また気嫌よく口笛を吹いた。

「すべて、うまくいってる」

すぐそこに神様がいるかのように天を仰ぎ、

「ありがとう、俺の神様」

空の上へ感謝を述べた。

それから叔父さんは手慣れた様子でステージ衣装に着替え、髪をグリースで固めて見違

えるような男前になった。どんな効果があるのか知らないけれど、両眼に青いカラー・コンタクトを装着し、いつのまにか、口ひげもきれいに整えて、見ようによっては、映画俳優のように見えなくもなかった。

おそらく、観客の皆さんも同じような思いを抱いたに違いない。深い森と大きな川を持ったこの街に、どこか遠い国から——本当は隣街なのだけれど——世界に名を馳《は》せた人気スターがやって来て、今宵、特別に歌とギターを披露する。

多くの客がそう勘違いしたのではないか。この「多くの客」という云い方も、あながち大げさではなく、ざっと数えても百人をこえる客が集まっていた。ただし、その大半は料理と酒を楽しむ食事客で、叔父さんがステージにあらわれて、

「淑女と紳士の皆さま、今晩は」

と気どった挨拶をしても、最初のうちは半信半疑なのか、わずか数人が拍手をしただけだった。

ところが驚いたことに、ひとたび叔父さんがギターを「ザクザク」弾き始めると、ホールの空気が一変して、客席のほとんど全員がその演奏に吸い寄せられた。僕でさえ息をの

み、まるで別人のような身のこなしでギターを弾く叔父さんから目を離せなくなった。

夢のような時間。

そんな云い方は陳腐《ちんぷ》であると分かっているけれど、僕だけではなく、その場に居合わせた多くの人たちが叔父さんのギターに酔いしれた。

なんと素晴らしいこと。

掛け値なしにそう思った。胸の中のココノツまでもが、(あなたの叔父さん、大したもんだわ) と感心していた。

そうした夢のような時間は現実の時計が刻む時間に換算したら、どれくらいであったのか。僕は腕時計をたしかめた。せっかく時計を買ってもらったのに、夢のような時間にうつつを抜かしていたら、なんの意味もない。

「では、最後の曲です」

叔父さんは、そう前置きをし、

「これは今夜つくったばかりの新しい曲で、ギターだけじゃなく歌も歌います」

と胸を張った。

「タイトルは――」

そこでいったん言葉を探すように視線を泳がせ、叔父さんは客席の中に誰かを探しているようだった。いや、そうじゃない。「誰か」ではなく、僕だ。きっと、(タイトルを忘れた、教えてくれ)と云いたいのだ。

僕はどうしていいか分からず、叔父さんがさっきそうしたように口笛をひとつ吹いてみせた。いつもどおり、うまく吹けなかったが、おかげで大半の客は僕の存在に気づかず、うまいことに叔父さんだけが客席の中の僕に気がついた。

(タイトルを教えてくれ)

ジェスチャーでそう示している。

僕は反射的に絶望的な顔をつくり、それからゆっくり笑顔になって、その場で体を一回転させてみた。

(ああ、思い出したぞ)

叔父さんは僕にだけ分かるように目で合図し、

「それでも世界は回っている」

タイトルを告げてギターを「ザクザク」と弾き始め、皆の注目を充分に集めたところで、おもむろに歌い始めた。

それは、その夜、幾度となく聞かされてきたあのでたらめな歌が、「俺の神様」のはからいによって本物に化けた瞬間だった。ベルダさんの言葉を僕なりに言いなおせば、「でたらめも、繰り返されるうちに本物になる」

といったところだろうか。


そうして夢のような時が過ぎ、歌が終わると場内に拍手がわき起こった。叔父さんは調子に乗って、もういちど繰り返し歌い、それでようやく満足したのか、ひと足先に楽屋で待っていた僕のもとに汗の粒を光らせて戻ってきた。

「最高だったな」

コンタクトを入れた瞳がめずらしい宝石のように青くきらめき、まるで瞳の中に、あの青い石の中に引き込まれた男がひそんでいるかのようだった。

その瞳にうっとりと見入っていたら、

「素晴らしかった」

どこからか声が聞こえ、一人の小柄な男が――どことなくサーカスの道化師を思わせる鼻の頭の赤い男が息を弾ませてこちらに近づいてきた。

「素晴らしいギターと素晴らしい歌だったよ」

その見ず知らずの小さな男は叔父さんに握手をもとめ、誰とでもすぐに仲良くなる叔父さんは最上の笑顔で応えながら、男の肩を軽く叩いてハグをした。

「あんたが歌った、あの青い石の歌――」

男は背を伸ばして小声で叔父さんに耳打ちしたのだが、僕の耳にも男の声はしっかり届いていた。

「オレはあの歌を知ってるよ」

楽屋の壁にかかっていた古びた柱時計が、刻一刻と回りゆく世界を伝えるために、重くゆっくりと鐘を鳴らし始めた。

●初出
「読楽」2020年2月号〜2021年4月号
※単行本化にあたり、加筆・修正しました

吉田篤弘
よしだ・あつひろ

1962年東京生まれ。小説を執筆するかたわら、クラフト・エヴィング商會名義による著作とデザインの仕事を続けている。著書に『つむじ風食堂の夜』『それからはスープのことばかり考えて暮らした』『イッタイゼンタイ』『電球交換士の憂鬱』『台所のラジオ』『おやすみ、東京』『月とコーヒー』『おるもすと』『チョコレート・ガール探偵譚』『フィンガーボウルの話のつづき』『天使も怪物も眠る夜』『流星シネマ』『奇妙な星のおかしな街で』『ぐっどいゔにんぐ』『なにごともなく、晴天。』などがある。

それでも世界《せかい》は回《まわ》っている 1

2021年5月31日 第1刷

著者
吉田篤弘

発行者
小宮英行

発行所
株式会社 徳間書店

〒141-8202
東京都品川区上大崎3-1-1
目黒セントラルスクエア

編集 03-5403-4349
販売 049-293-5521
振替 00140-0-44392

本文印刷 本郷印刷株式会社
カバー印刷 真生印刷株式会社
製本所 ナショナル製本協同組合

ISBN 978-4-19-865290-6